探検！
いっちょかみスクール

伝説《でんせつ》の幽霊《ゆうれい》サーカス団《だん》編

原案 宗田 理
作 宗田 唯

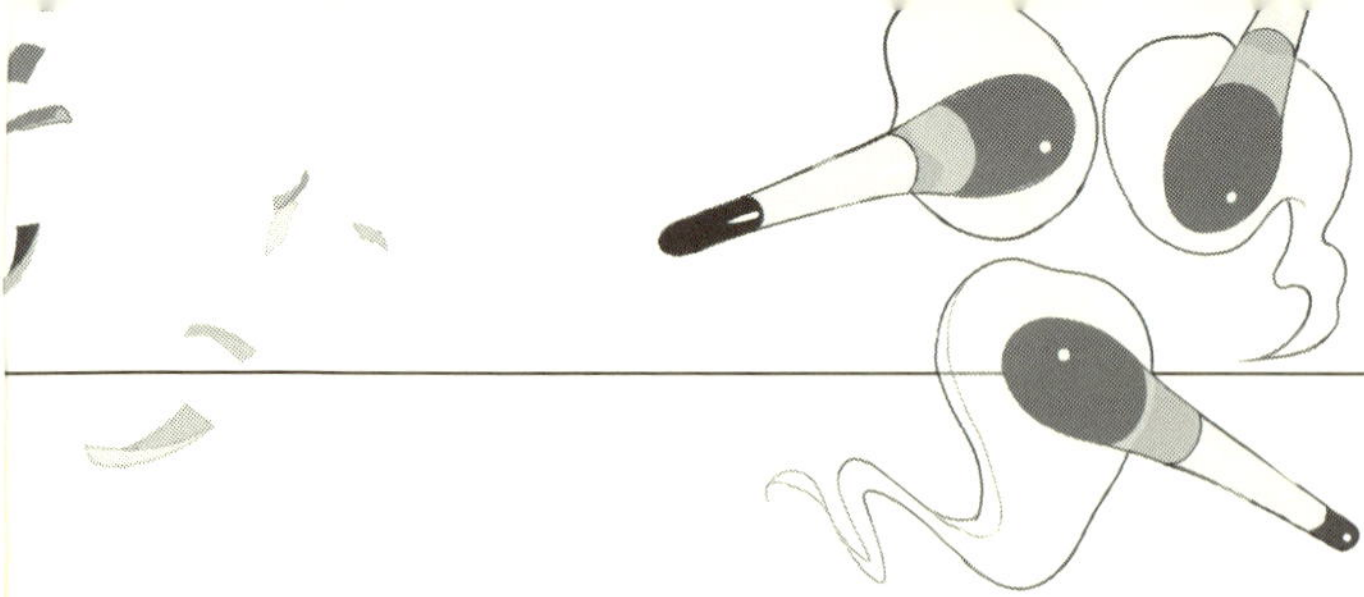

もくじ

その1　クラスメイトの爆《ばく》弾《だん》発《はつ》言《げん》　8

その2　超《ちょう》一《いち》流《りゅう》プロの技《わざ》　18

その3　ひいばあちゃんちの開《あ》かずの間《ま》　36

その4　古《ふる》いビデオテープに映《うつ》っていたもの　53

その5　パーティーは迷《めい》宮《きゅう》へ　73

その6 回《まわ》る遭難者《そうなんしゃ》 90
その7 幽霊《ゆうれい》たちが眠《ねむ》る部屋《へや》 106
その8 切《き》っても切《き》っても切《き》れない 130
その9 主役《しゅやく》オーディション 152
その10 よみがえるお化《ば》けたち 168
最終章《さいしゅうしょう》 192

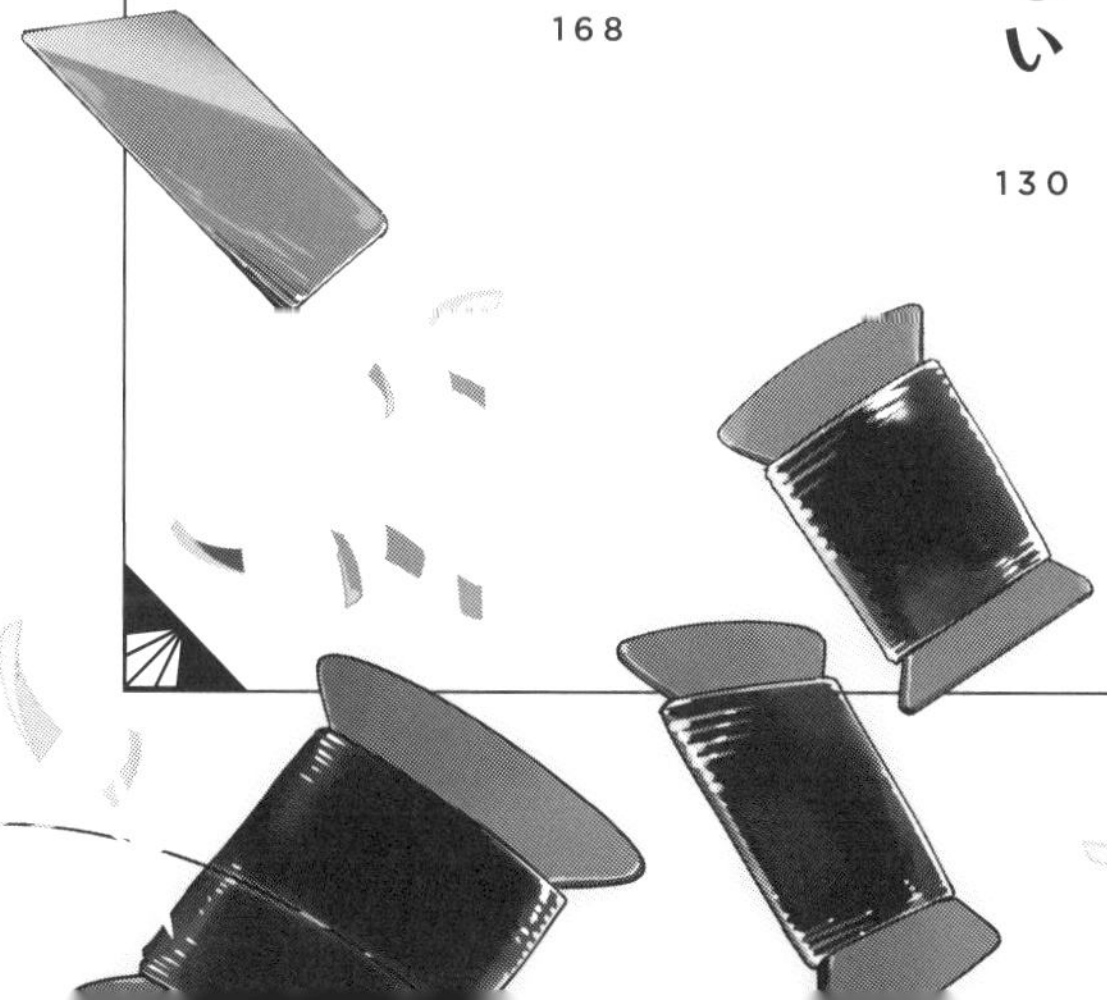

伝説《でんせつ》の幽霊《ゆうれい》サーカス団《だん》編《へん》　人物紹介《じんぶつしょうかい》

橋本《はしもと》ユトリ

自由奔放で好奇心が強く、
放っておいたら
何をしでかすかわからない

津島礼司《つしまれいじ》

ユトリのおさななじみ。
聞き分けのよいしっかり者で、
危なっかしいユトリの見守り役

武井麻里奈《たけいまりな》とダーちゃん

塾の女神とも呼ばれる
受付係の武井さんと、
スクールにすみついている
なぞのネコ

ベロベロ（黒《くろ》部《べ》四《し》郎《ろう》）
運動神経ばつぐんのカエルの着ぐるみ。動画配信で大人気。ベロベロうるさい

白《はっ》骨《こつ》団《だん》長《ちょう》
十年ほど前まで活動していた幽霊サーカス団の団長。ある夜から姿を消して行方不明

高《たか》宮《みや》燿《かい》
礼司のクラスメイト。天才サッカー少年だが、大きく分けるとユトリと同類

南《な》無《む》バカボンド
いっちょかみスクール・魔法教室の講師。およそ魔法使いには見えない

自分《じぶん》は将来《しょうらい》、どんな仕事《しごと》に就《つ》きたいのか。

自分《じぶん》がやりたいモノってなんだ?

それが簡単《かんたん》に見《み》つかる人《ひと》もいるでしょう。

しかし多《おお》くの人々《ひとびと》が迷《まよ》い、その答《こた》えを出《だ》せずにいます。

だから、まずはさまざまなことを体験《たいけん》してみる。

それが当塾《とうじゅく》のコンセプトではありますが、人《ひと》のやりたいことは千差万別《せんさばんべつ》、そのすべてにレギュラー講師陣《こうしじん》だけで対応《たいおう》できるわけではありません。

そこで当塾《とうじゅく》では、体験《たいけん》してみたいめずらしい仕事《しごと》や、教《おし》えを受《う》けたい人物《じんぶつ》についてのリクエストを、常《つね》に募集《ぼしゅう》しております。

これまでにも、生徒《せいと》たちの要望《ようぼう》にこたえ、金《きん》メダリスト、ベストセラー作家《さっか》、人気《にんき》お笑《わら》いコンビ、メジャーリーガーなど、現在活躍中《げんざいかつやくちゅう》のスペシャリストを講師《こうし》に招《まね》き、特別授業《とくべつじゅぎょう》を行《おこな》ってまいりました。

あなたがやってみたいことはなんですか。

当塾《とうじゅく》は立《た》ち止《ど》まりません。皆様《みなさま》のニーズにこたえ、拡大《かくだい》していくのです。

その1　クラスメイトの爆弾発言《ばくだんはつげん》

朝《あさ》。計《はか》ったように決《き》まった時間《じかん》に礼司《れいじ》が登校《とうこう》すると、教室《きょうしつ》には大勢《おおぜい》の人《ひと》が集《あつ》まり、廊下《ろうか》にまであふれていた。

まあそうなるよな。

礼司《れいじ》には、おおよそ見当《けんとう》はついていた。

よくあるテレビ番組《ばんぐみ》のスポーツ企画《きかく》だ。

サッカーゴールに設置《せっち》された小《ちい》さな的《まと》をめがけて、次々《つぎつぎ》と正確《せいかく》にシュートを決《き》めていき、当《あ》てた数《かず》を競《きそ》う人気《にんき》コーナーがある。

昨晩《さくばん》の放送《ほうそう》で、有名《ゆうめい》なプロサッカー選手《せんしゅ》や、将来《しょうらい》を有望視《ゆうぼうし》されている中高生《ちゅうこうせい》ストライカーなど、全国《ぜんこく》から集《あつ》められた猛者《もさ》たちをおさえて優勝《ゆうしょう》したのは、小学生《しょうがくせい》クラブチームを代表《だいひょう》して出演《しゅつえん》していた、クラスメイトの高宮櫂《たかみやかい》だった。

そんな彼《かれ》の姿《すがた》を一目見《ひとめみ》ようと、朝《あさ》からみんな集《あつ》まっているのだ。

番組《ばんぐみ》は礼司《れいじ》も見《み》ていたので、みんなの気持《きも》ちもわからなくはない。しかし、人《ひと》が多《おお》すぎて自分《じぶん》の教室《きょうしつ》に入《はい》ることすらできないのは問題《もんだい》だ。

「おっ来《き》た来《き》た、待《ま》ってたんだよ」

櫂《かい》は、教室《きょうしつ》の入《い》り口付近《ぐちふきん》で立《た》ち往生《おうじょう》している礼司《れいじ》を見《み》つけると、手《て》を振《ふ》った。

ぼくのことか？

礼司《れいじ》は口《くち》には出《だ》さず、自分《じぶん》の顔《かお》を指差《ゆびさ》した。

「そうだよ」

席《せき》から立《た》ち上《あ》がった櫂《かい》は、自分《じぶん》のまわりに集《あつ》まっているギャラリーたちを押《お》しのけ、礼司《れいじ》の元《もと》までやってきた。

礼司《れいじ》より体《からだ》が一回《ひとまわ》り大《おお》きく、背《せ》もずっと高《たか》い。

「津島《つしま》は、変《か》わった塾《じゅく》に通《かよ》ってるって聞《き》いたんだけど」

櫂《かい》は、いきなり話《はなし》を切《き》り出《だ》した。

「いっちょかみスクールのことかな？」

変《か》わった塾《じゅく》と言《い》われたら、礼司《れいじ》にはその答《こた》えしか思《おも》い浮《う》かばない。

「あっそうそう、そんな名前《なまえ》だ。思《おも》い出《だ》したよ」

櫂《かい》から笑《え》みがこぼれた。

「それは良《よ》かった。じゃあ、これで用済《ようず》みかな」

だれにでも、何《なに》かが思《おも》い出《だ》せず、もやもやすることはあるものだ。

「いやまだ話《はなし》は終《お》わってない。津島《つしま》がひまな時《とき》でいいから、そのいっちょかみスクールについて、おれにくわしく教《おし》えてほしいんだ」

櫂《かい》は、自分《じぶん》の席《せき》に着《つ》こうとする礼司《れいじ》の肩《かた》をつかんで引《ひ》き止《と》めた。

「それは別《べつ》にかまわないけど、いったいなんで？」

礼司《れいじ》は訝《いぶか》しんだ。

「そりゃあおれも、そこに通《かよ》ってみようと思《おも》ってるからに決《き》まってるだろ」

櫂《かい》は少《すこ》し眉《まゆ》をひそめた。

「待《ま》ってくれ、きみは塾《じゅく》に通《かよ》うより、サッカーの練習《れんしゅう》で忙《いそが》しいんじゃないのか？」

礼司《れいじ》は、櫂《かい》の顔《かお》をまじまじと見上《みあ》げて言《い》った。

櫂《かい》はサッカーをするために生《う》まれてきたようなやつだ。毎日練習《まいにちれんしゅう》に明《あ》け暮《く》れ、ほかのことに気《き》を散《ち》らしているひまはないはずだ。

「ああ、サッカーなら、もう辞《や》めることにしたから、気《き》にしなくていい」

「えーーーっ!?」

礼司《れいじ》だけでなく、そこに集《あつ》まっている全員《ぜんいん》の口《くち》から声《こえ》が出《で》た。

「本気《ほんき》で言《い》ってる？」

みなが櫂《かい》の爆弾発言《ばくだんはつげん》にあわてるのも無理《むり》はない。

現役《げんえき》のプロサッカー選手《せんしゅ》と競泳《きょうえい》の元《もと》オリンピック代表選手《だいひょうせんしゅ》を両親《りょうしん》に持《も》つ櫂《かい》は、幼《おさな》いころから運動神経《うんどうしんけい》の塊《かたまり》だった。

五歳《さい》からサッカーを始《はじ》め、八歳《さい》になるころには地域《ちいき》の名門《めいもん》クラブチームに所属《しょぞく》。いまや、上級生《じょうきゅうせい》をふくめても、小学生《しょうがくせい》のなかではその実力《じつりょく》において櫂《かい》の右《みぎ》に出《で》る選手《せんしゅ》はいない。いずれは国《くに》を代表《だいひょう》する選手《せんしゅ》になるだろうと、だれもが櫂《かい》に期待《きたい》している。

「いたって真面目《まじめ》な話《はなし》さ」

耀《かい》は肩《かた》をすくめると、こともなげに答《こた》えた。

「どこかけがでもしたの？」

礼司《れいじ》には、そうとしか考《かんが》えられない。

「別《べつ》に体《からだ》は、どこも悪《わる》くないけど」

耀《かい》は平然《へいぜん》としている。

「だったらどうして？」

「サッカー自体《じたい》、大《たい》しておもしろいもんじゃないだろ」

「!?」

二つ目《め》の爆弾発言《ばくだんはつげん》に、今度《こんど》はみな開《あ》いた口《くち》がふさがらない。

礼司《れいじ》は、次《つぎ》の言葉《ことば》を絞《しぼ》り出《だ》すまでにしばらくかかった。

「その話《はなし》、お父《とう》さんとお母《かあ》さんは知《し》ってるの？」

「おまえの人生《じんせい》だ、好《す》きにしろってさ」

すぐさま耀《かい》は答《こた》えた。

かなりドライな両親《りょうしん》なんだな。それとも、息子《むすこ》の可能性《かのうせい》はこんなものじゃないと、もっと高《たか》く買《か》っているのかもしれないか……。

礼司《れいじ》には、判断《はんだん》がつかなかった。

そこへ、さわぎを聞《き》きつけた担任《たんにん》の先生《せんせい》が顔《かお》を出《だ》した。ところが、先ほど《さき》までとは打《う》って変《か》わって、教室内《きょうしつない》は不自然《ふしぜん》なほどに静《しず》まり返《かえ》っている。浮《う》かない顔《かお》の生徒《せいと》らを席《せき》に着《つ》かせ、ほかのクラスの野次馬《やじうま》をそれぞれの教室《きょうしつ》へ追《お》い払《はら》うと、先生《せんせい》はいったん職員室《しょくいんしつ》に戻《もど》っていった。

「それで、どんなところなんだ？　そのいっちょかみスクールって」

先生《せんせい》がいなくなると、再《ふたた》び櫂《かい》が礼司《れいじ》の近《ちか》くにやってきた。

「そうだな、あそこはとにかく大《おお》きくて、塾《じゅく》のデパートって感《かん》じなんだ。先生《せんせい》もたくさんいて、教室《きょうしつ》もびっくりするくらいの数《かず》がある」

「五十くらい？」

これでも櫂《かい》は、多《おお》めに言《い》ったつもりだろう。

「いやいや、常《つね》に新《あたら》しいのも増《ふ》えているし、曜日《ようび》によって入《い》れ替《か》わったりするから正《せい》確《かく》にはわからないけど、三百は軽《かる》く超《こ》えているはずだよ」

「へええ、三百以上《いじょう》か、それはすごいな」

櫂《かい》は目《め》を輝《かがや》かせた。

「普通《ふつう》に国語《こくご》とか算数《さんすう》とかのクラスもあるし、楽器《がっき》の演奏《えんそう》、洋画《ようが》、日本画《にほんが》などの美《び》術系《じゅつけい》も充実《じゅうじつ》してるし、スポーツも、サッカーの教室《きょうしつ》もある。サッカー教室《きょうしつ》もハイレベルで人気《にんき》だよ」

「だから、それはもういいって」

櫂《かい》は手《て》を横《よこ》にひらひらさせた。

「まあ、この塾《じゅく》の本当《ほんとう》におもしろいところは、そのマニアックさにあるんだけどね」

「知《し》りたいのは、まさにそこ」

櫂《かい》は身《み》を乗《の》り出《だ》した。

「ゲテモノ料理《りょうり》の教室《きょうしつ》とか、独自《どくじ》の拳法《けんぽう》をあみだして教《おし》えてる人《ひと》とか、未確認飛行物《みかくにんひこうぶつ》体《たい》の研究《けんきゅう》とか、いまはなくなったけど泥棒《どろぼう》の教室《きょうしつ》も……」

「それだよ、それ、そういうのだよ。おれは、いまとはまったく別《べつ》な、わくわくする

ことがしたいんだ」

耀《かい》は、説明《せつめい》の途中《とちゅう》で割《わ》り込《こ》んできた。

「わくわくねえ」

礼司《れいじ》は、首《くび》をひねった。

「たとえば、冒険《ぼうけん》とか探検《たんけん》の教室《きょうしつ》はどうだ？」

おいおい、ヤバいのきたぞ。

「そんな教室《きょうしつ》もあるかもしれないけど……」

礼司《れいじ》の頭《あたま》を、だれかさんの顔《かお》がよぎった。

「じゃあ、津島《つしま》もいっしょにおれと冒険家《ぼうけんか》を目指《めざ》そうぜ」

「いやあ～、どうだろ、困《こま》ったな」

礼司《れいじ》は額《ひたい》に手《て》をやる。

これにかかわったらたぶんまずい。

すると、
ダ――ン！

櫂《かい》は頭《あたま》を勢《いきお》いよく下《さ》げ、目《め》の前《まえ》の机《つくえ》の上《うえ》にたたきつけた。

みんながおどろいてこちらを見《み》る。

「頼《たの》む。物知《ものし》りの津島《つしま》を見込《みこ》んでのお願《ねが》いだ。とにかく、おれはサッカーとは別《べつ》の、新《あたら》しい世界《せかい》が見《み》たいんだよ」

そのままの体勢《たいせい》で、櫂《かい》は懇願《こんがん》する。

クラスの連中《れんちゅう》が、何事《なにごと》かとこちらに注目《ちゅうもく》している。

まいったなあ、うんと言《い》うまでやめないぞ、これは。

「そうまでされては仕方《しかた》ないな……。できることがあれば手伝《てつだ》うよ」

ため息混《いきま》じりに礼司《れいじ》は承諾《しょうだく》した。

「ありがとう。さすが津島《つしま》、恩《おん》に着《き》る」

顔《かお》を上《あ》げた櫂《かい》のおでこは赤《あか》いが、目《め》は輝《かがや》いている。

「ぼくは今日《きょう》の帰《かえ》りに塾《じゅく》に行《い》く予定《よてい》だけど、きみはどうする？」

「行《い》く行《い》く。もちろんいっしょに行《い》くよ」

櫂《かい》は礼司《れいじ》の手《て》をぎゅっと握《にぎ》った。

「ああ、わかった」

また厄介事《やっかいごと》を引《ひ》き受《う》けてしまった気《き》がする……。

まったく。この、お願《ねが》いを断《ことわ》れない性格《せいかく》をなんとかできないものか。

礼司《れいじ》はなんだか朝《あさ》からつかれて、自分《じぶん》の席《せき》に体《からだ》を深《ふか》くしずめた。

その2 超一流《ちょういちりゅう》プロの技《わざ》

授業《じゅぎょう》が終《お》わると、櫂《かい》はスクールへ向《む》かう礼司《れいじ》の後《あと》についてきた。

受付《うけつけ》で見学者用《けんがくしゃよう》のパスを受《う》け取《と》り、スクールの入《い》り口《ぐち》ゲートをくぐって最初《さいしょ》に出《で》くわしたのは、目《め》の前《まえ》を全力疾走《ぜんりょくしっそう》で通《とお》り過《す》ぎる大《おお》きなカエルだった。

カエルは通路《つうろ》の真《ま》ん中《なか》に置《お》かれた跳馬《ちょうば》に手《て》をつくと、空中《くうちゅう》でくるくる回《まわ》りながら高《たか》く舞《ま》い上《あ》がり、着地《ちゃくち》をぴたっときれいに決《き》めた。

その瞬間《しゅんかん》、通路《つうろ》にごった返《がえ》す生徒《せいと》たちの大歓声《だいかんせい》と拍手《はくしゅ》が、スクール内《ない》に響《ひび》きわたった。

カエルの名《な》は、ベロベロ。

自《みずか》らを撮影《さつえい》した動画《どうが》の配信《はいしん》から火《ひ》がついた、いまもっとも人気《にんき》がある着《き》ぐるみキャラクターの一人《ひとり》だ。カエル界《かい》の王様《おうさま》を自称《じしょう》し、なんでも人並《ひとな》み以上《いじょう》にこなす万能《ばんのう》ガエルである。

今日《きょう》は、生徒《せいと》たちからのリクエストにより招《まね》かれた、スペシャル講師《こうし》の特別授業《とくべつじゅぎょう》が行《おこな》われているようだ。

「へええ、こんな先生《せんせい》もいるのか」

櫂《かい》は目《め》を見張《みは》った。

「みんな、ちゃんと見《み》てたかベロ〜？」

蛍光《けいこう》グリーンのテカテカした体《からだ》に、ちょこんと小《ち》さな王冠《おうかん》を頭《あたま》にのせたベロベロは、両目《りょうめ》をストロボのようにまぶしく光《ひか》らせながら、大《おお》げさなポーズでアピールする。

「見《み》てたベロ〜！」

大勢《おおぜい》の生徒《せいと》たちは、目《め》の上《うえ》に手《て》をあててそれにこたえる。ベロベロの姿《すがた》は良《よ》い子《こ》にしか見《み》えない設定《せってい》になっているのだ。

ファンの間《あいだ》では、お決《き》まりのプロセスである。

礼司《れいじ》は観客《かんきゃく》の中《なか》に、みんなといっしょになってベロベロポーズを決《き》めるユトリを発《はっ》見《けん》した。

「あのカエル、並《な》みの体操選手《たいそうせんしゅ》より技術《ぎじゅつ》は上《うえ》なんじゃないか？」

礼司《れいじ》は、後《うし》ろからユトリに声《こえ》をかけた。

「カエルじゃない、ベロ先生《せんせい》だぞベロ」

ユトリは振《ふ》り向《む》きもせず、さらりと言《い》った。

ベロベロの身体能力《しんたいのうりょく》は、とても高《たか》いことで知《し》られている。

スカイダイビングやスキージャンプなど、さまざまな競技《きょうぎ》に挑戦《ちょうせん》する動画《どうが》や、綱《つな》わたりや空中《くうちゅう》ブランコなどの軽業《かるわざ》を軽々《かるがる》とこなす動画《どうが》。パンプローナの牛追《うしお》い祭《まつ》りや、イングランドのチーズ転《ころ》がし祭《まつ》りなど、世界《せかい》の奇祭《きさい》に飛《と》び入《い》り参加《さんか》する動画《どうが》なども大《だい》人気《にんき》らしい。

マイクを持《も》たされたベロベロが、箱馬《はこうま》の上《うえ》に立《た》った。

ベロベロの身長《しんちょう》は、百七十センチくらいだろうか。体《からだ》にはいくつものスポンサーのロゴが、所《ところ》せましとプリントされている。

「ここで先生《せんせい》をすることになった、ベロベロだベロ〜」

ベロベロは頭《あたま》を下《さ》げると、ウインクした。

着《き》ぐるみの目《め》は、まばたきしたり、光《ひか》ったりもするようだ。

「とはいっても、ベロ自身《じしん》も新《あたら》しい知識《ちしき》や技術《ぎじゅつ》を学《まな》びたい者《もの》の一人《ひとり》だベロ。だから先《せん》生《せい》としてではなく、いっしょに学《まな》んでいく仲間《なかま》だと思《おも》ってほしいベロ」

挨拶《あいさつ》は続《つづ》き、しばらくするとベロベロの口《くち》から何《なに》かがのびてきた。

「あれ、舌《した》か？」

櫂《かい》に言《い》われて、礼司《れいじ》は目《め》を凝《こ》らした。

ベロベロの舌《した》は口《くち》からはみ出《だ》していて、話《はな》している最中《さいちゅう》ものびたり縮《ちぢ》んだりしている。

時《とき》には前《まえ》に飛《と》ばしたり、顔《かお》へ巻《ま》き上《あ》げ目《め》をふいたり、どういう仕組《しく》みなのかわからないが、自由《じゆう》に動《うご》かしているようだ。

礼司《れいじ》は、特徴的《とくちょうてき》なその舌《した》が、ベロベロの名前《なまえ》の由来《ゆらい》なんだと理解《りかい》した。

「ベロの目標《もくひょう》は、たとえ短《みじか》い時間《じかん》であっても、みんなが新《あら》たなスキルを手《て》に入《い》れる手《て》助《だす》けをして、確実《かくじつ》にレベルアップさせることベロ。……とまぁ、AI《エーアイ》につくらせた挨拶《あいさつ》はこの辺《へん》で終《お》わりだベロ。引《ひ》き受《う》けたからには全力《ぜんりょく》でやるつもりなので、よろしくベロ。質問《しつもん》があれば、遠慮《えんりょ》なく聞《き》いてくれベロ」

「じゃ〜、あの〜、ベロ先生《せんせい》の中《なか》はどんな人《ひと》なんですか？」

どこからか質問《しつもん》が飛《と》んだ。

「またこの質問《しつもん》かよ。ベロは人《ひと》じゃないって、ないしょだ、ないしょ」

ぶっきらぼうにベロベロは答《こた》えた。

「ベロ先生《せんせい》は虫《むし》が大好物《だいこうぶつ》だって本当《ほんとう》ですか？」

ちがう方向《ほうこう》から別《べつ》の質問《しつもん》だ。

「特《とく》にハエが大好物《だいこうぶつ》だベロ、って本気《ほんき》にして虫《むし》の差《さ》し入《い》れとかやめてくれよ。くれるなら和牛《わぎゅう》ステーキとかクロマグロの大《おお》トロにしてくれ、大事《だいじ》なことだから絶対《ぜったい》に忘《わす》れるな」

ベロベロは目《め》を光《ひか》らせると、辺《あた》りを見《み》まわした。

「あのカエル、言《い》いたい放題《ほうだい》だな」

櫂《かい》は吹《ふ》き出《だ》した。

「みんな、あれでいいのか？」

礼司《れいじ》は、ベロベロの乱暴《らんぼう》な振《ふ》る舞《ま》いにおどろいて、ユトリに確認《かくにん》した。

「あの、のりつっこみがベロ先生《せんせい》の持《も》ち味《あじ》だベロ」

そう答《こた》えるユトリは楽《たの》しそうだ。

また別《べつ》の方向《ほうこう》から生徒《せいと》の声《こえ》が上《あ》がった。

「ベロ先生《せんせい》がフィギュアスケートをしている動画《どうが》を見《み》たんですが、感動《かんどう》しました」

「そりゃ〜どうも。言《い》っちゃなんだが、ベロはなんでもできちゃうんだ」

ベロベロは自慢《じまん》げに胸《むね》を張《は》った。

「若《わか》いころ、何《なに》かのスポーツ大会《たいかい》で優勝《ゆうしょう》したことはありますか？」

「若《わか》いころって、ベロ、まだ若《わか》いわ」

「えっ、もしかしてまだ現役選手《げんえきせんしゅ》ですか？」

生徒《せいと》の一人《ひとり》がすぐに反応《はんのう》した。

「ユーの言《い》ってる意味《いみ》がわからないベロ」

めずらしく、ベロベロはすっとぼけた。

わりといいところを突《つ》いたのかもしれない。

「ひょっとすると、不祥事《ふしょうじ》でクビになったロストボーイズの浅井陽介《あさいようすけ》だったりして
……」

櫂《かい》は、まわりにほとんど聞《き》こえないような小《ちい》さな声《こえ》で、礼司《れいじ》に耳打《みみう》ちした。

浅井陽介《あさいようすけ》は元《もと》サッカー選手《せんしゅ》で、入団《にゅうだん》一年目《ねんめ》から好成績《こうせいせき》を上《あ》げ将来《しょうらい》を期待《きたい》されていたものの、ひき逃《に》げ事件《じけん》を起《お》こし、クラブチームから解雇《かいこ》された。

ベロベロが世間《せけん》に登場《とうじょう》したのも、ちょうどその辺《あた》りだったように礼司《れいじ》は記憶《きおく》している。すると、

「先生《せんせい》は、ロストボーイズの浅井陽介選手《あさいようすけせんしゅ》ですか!?」

ユトリにも聞《き》こえていたらしく、ベロベロに向《む》かって代《か》わりに叫《さけ》んだ。

いやそれ聞《き》くなって。

「おいおい、変《へん》に怖《こわ》いとこ突《つ》いてきて引《ひ》くわ」

そう言《い》ってベロベロは白目《しろめ》をむく。

礼司《れいじ》が苦笑《にがわら》いすると、ユトリは振《ふ》り向《む》いてペロッと舌《した》を出《だ》した。

「ベロ先生《せんせい》が、次《つぎ》に挑戦《ちょうせん》したいものってなんですか？」

ベロベロへの質問《しつもん》コーナーは続《つづ》き、今度《こんど》は、黒縁《くろぶち》メガネの男子《だんし》が手《て》を挙《あ》げて話題《わだい》を変《か》えた。

「弾《ひ》き語《がた》りで歌手《かしゅ》デビューするベロ」

思《おも》いがけない答《こた》えに、みんな意表《いひょう》を突《つ》かれた。

「先生《せんせい》って歌《うた》えるんですか？」

メガネ男子《だんし》は半信半疑《はんしんはんぎ》だ。

「ベロは歌《うた》、上手《うま》いよ」

ベロベロは言《い》った。

「じゃあ、これ使《つか》いますか？」

礼司《れいじ》たちより少《すこ》し手前《てまえ》にいた、音楽系教室《おんがくけいきょうしつ》に通《かよ》っていそうな少女《しょうじょ》が、自分《じぶん》のかついでいたギターを頭上《ずじょう》に持《も》ち上《あ》げた。

「助《たす》かるベロ」

ここで歌《うた》うつもりなのか？

少女《しょうじょ》が差《さ》し出《だ》したギターを、ベロベロはのばした舌《した》で器用《きよう》に受《う》け取《と》った。手《て》に持《も》っていたマイクを舌《した》に持《も》ち替《か》えて、ギターをかまえた姿《すがた》はさまになっている。

「歌《うた》うベロ、ベロベロブルース」

題名《だいめい》を言《い》ってから、ベロベロはそのギターを弾《ひ》き始《はじ》めた。

扉《とびら》を開《あ》けて
真《ま》っ暗《くら》な廊下《ろうか》に　そのまま倒《たお》れ込《こ》む
もう一歩《いっぽ》も動《うご》けやしない
チャッチャッ
フローリングに響《ひび》く　小《ちい》さな足音《あしおと》
妻《つま》でもなく　娘《むすめ》でもなく
出迎《でむか》えるのは　小《ちい》さなもふもふだけ
それがルール

好《す》きでベロベロなんじゃない
玄関《げんかん》マットを買《か》い替《か》えよう

ベロベロって酔《よ》っ払《ぱら》いのことか。

礼司《れいじ》は納得《なっとく》した。

曲《きょく》が終《お》わると、ベロベロは手《て》を広《ひろ》げて観客《かんきゃく》にお辞儀《じぎ》した。

歌詞《かし》はともかく、本人《ほんにん》が言《い》った通《とお》り、歌《うた》はかなり上手《うま》い。

思《おも》わずみんなが拍手《はくしゅ》していた。

講師《こうし》の中《なか》には涙《なみだ》ぐんでいる者《もの》もいる。何《なに》か共感《きょうかん》する実体験《じったいけん》があったのかもしれない。

「ギター、ありがとうでベロ～」

ギター少女《しょうじょ》は喜《よろこ》んで、ベロベロから自分《じぶん》のギターを受《う》け取《と》った。

「コード進行《しんこう》がみごとすぎます、びっくりしました。ベロ先生《せんせい》の曲《きょく》が聴《き》けて良《よ》かったです」

そこで再《ふたた》び観客《かんきゃく》たちから拍手《はくしゅ》。

ベロベロにギターを貸《か》した少女《しょうじょ》、グッジョブ。

「ほかにはどんなことができるんですか？」

さっきのメガネ男子《だんし》が、もう一度《いちど》きいた。

だんだん礼司《れいじ》も興味《きょうみ》がわいてきた。

「こう見《み》えて、ベロは手先《てさき》が器用《きよう》だし、日本語《にほんご》以外《いがい》にもあと五か国語《こくご》、話《はな》せるベロ。頭《あたま》もいいんだベロ。ほら、なんでもいいから難《むずか》しい問題《もんだい》出《だ》してみろ」

まず、かしこそうな男子《だんし》が手《て》を挙《あ》げた。

「では、羊頭狗肉《ようとうくにく》とはどういう意味《いみ》でしょう？」

「なかなか挑発的《ちょうはつてき》でベロ。見《み》かけは良《よ》いが中身《なかみ》はそうでもないって意味《いみ》だベロ」

ベロベロは目《め》をピカッと光《ひか》らせながら答《こた》えた。

「コアラの睡眠時間《すいみんじかん》は？」

「二十時間前後《じかんぜんご》だベロ」

「マンガ『パラダイス・プール』で、ヒロインのおじいさんが最後《さいご》に使《つか》う武器《ぶき》は何《なに》？」

「高枝切《たかえだき》り鋏《ばさみ》だベロ」

生徒《せいと》たちは口々《くちぐち》に問題《もんだい》をぶつけたが、ベロベロはやすやすと正解《せいかい》していく。

本人《ほんにん》の言《い》った通《とお》り、ベロベロはかなりの博識《はくしき》だった。

ところが礼司《れいじ》は疑《うたが》っていた。

さすがに、知《し》っているジャンルの幅《はば》が広《ひろ》すぎる。

「なんだか怪《あや》しいな。着《き》ぐるみの中《なか》でスマホを使《つか》って調《しら》べてるんじゃないんですか?」

「人聞《ひとぎ》きの悪《わる》いこと言《い》うなベロ。クイズ番組《ばんぐみ》に出《で》て儲《もう》けるために猛勉強《もうべんきょう》しただけでベロ!」

ベロベロは目《め》を細《ほそ》めた。

「せっかくすごいと思《おも》ったのに、動機《どうき》が生々《なまなま》しくて尊敬《そんけい》できないかも」

生徒《せいと》の一人《ひとり》がつぶやいた。

「ユーに尊敬《そんけい》されなくても別《べつ》にいいベロ。ベロがかしこいことに変《か》わりはないでベロ」

「かしこいんなら答《こた》えて、これな〜んだ?」

ユトリは以前《いぜん》、魔法教室《まほうきょうしつ》の南無先生《なむせんせい》からご褒美《ほうび》でもらった、使《つか》い方《かた》のわからない赤《あか》いカードをベロベロに見《み》せた。

いかにベロベロが物知《ものし》りでも、これがわかったらすごい。

「なんだ、そんなものくらい。レッドカードでベロ。悪質《あくしつ》な反則《はんそく》プレーをした選手《せんしゅ》に、審判《しんぱん》が試合《しあい》から退場《たいじょう》させるとき提示《ていじ》する警告《けいこく》カードでベロ」

案《あん》の定《じょう》ベロベロはまちがえた。

「ぶぶ――――」

ユトリは腕《うで》で大《おお》きくバツをつくった。

「うそだベロ。もっと近《ちか》くで見《み》せろベロ」

むっとしたベロベロが激《はげ》しく手招《てまね》きする。

ユトリが手《て》をのばしてカードを差《さ》し出《だ》すと、ベロベロは長《なが》い舌《した》でそれを巻《ま》き取《と》り、凝視《ぎょうし》した。

「待《ま》て待《ま》て待《ま》て。落《お》ち着《つ》け、本物《ほんもの》かどうか確《たし》かめてもいいベロか？」

ベロベロには、何《なに》か思《おも》い当《あ》たる節《ふし》があるようだ。

「いいですよ」

ユトリはうなずいた。

カードの正体《しょうたい》がなんなのかわからないユトリにとっても、興味津々《きょうみしんしん》である。

すると、いきなりベロベロの目《め》がまぶしく光《ひか》りだした。

ベロベロがその強《つよ》い光《ひかり》にカードをかざすと、うっすらと絵《え》のようなものが浮《う》き上《あ》がって見《み》える。

「これは本物《ほんもの》だベロ〜！　しかも超《ちょう》レア中《ちゅう》のレア、白骨団長《はっこつだんちょう》のスペシャルカードだと!!　しかもしかも、保護《ほご》シートもはがれてないとか完璧《かんぺき》だろ!!!」

ベロベロは大《おお》さわぎしてそのカードを天《てん》にかざした。

ユトリたちにはなんのことだかさっぱりだ。

「ちゃんと正解《せいかい》を答《こた》えてください」

ユトリは答《こた》えを知《し》らないくせに、さも自分《じぶん》はわかっているかのような口《くち》ぶりで言《い》った。

「これは、幽霊《ゆうれい》サーカスのチケットについていた、オマクカードだベロ。観客《かんきゃく》に配《くば》られるブラックライトを当《あ》てると幽霊《ゆうれい》サーカス団《だん》のキャラクターが浮《う》かび上《あ》がるベロ」

「ふむふむ」

「なかでもこれは、めったに出《で》ないレアカードだベロ。赤《あか》い保護《ほご》シートがはがされていない状態《じょうたい》のままだが、十中八九《じっちゅうはっく》は白骨団長《はっこつだんちょう》のスペシャルカードだベロ」

ベロベロは、誇《ほこ》らしげにすらすら答《こた》えた。

「ちっ、正解《せいかい》ですね……」

ユトリは、しれっと話《はなし》を合《あ》わせた。

ずるいぞ、ユトリ。

「ところでユー、このカードをベロに譲《ゆず》ってくれる気《き》はないか？」

急《きゅう》にベロベロは、猫《ねこ》なで声《ごえ》で下手《したて》に出《で》てきた。

「ダメですよ」

ユトリはそう言《い》うと、ベロベロから乱暴《らんぼう》にそのカードを取《と》り返《かえ》した。

「そこをなんとか考《かんが》えてほしい。白骨団長《はっこつだんちょう》は着《き》ぐるみ界《かい》のスーパーレジェンド。保護《ほご》シートがはがれたカードは何枚《なんまい》か持《も》っているが、こんなに状態《じょうたい》がいいものが見《み》つかる

SP
白骨団長

なんて、奇跡《きせき》なんだよ」

ベロベロは、頭《あたま》を深《ふか》く下《さ》げた。

いつも語尾《ごび》につける「ベロ」を忘《わす》れるほど真剣《しんけん》なようだ。

幽霊《ゆうれい》サーカスは、十年《ねん》ほど前《まえ》まで活動《かつどう》していたサーカス団《だん》である。

当時《とうじ》の人気《にんき》アイドルグループBB7《ビービーセブン》がメイン司会《しかい》のバラエティー番組《ばんぐみ》で、彼《かれ》らがさまざまなプロの技《わざ》に挑戦《ちょうせん》するという花形《はながた》コーナーがあった。

その企画《きかく》に選《えら》ばれたのが幽霊《ゆうれい》サーカス団《だん》だった。仮入団《かりにゅうだん》したBB7《ビービーセブン》のメンバーたちが特訓《とっくん》する様子《ようす》に何《なん》か月《げつ》も密着《みっちゃく》し、サーカスの舞台裏《ぶたいうら》やアイドルたちの素顔《すがお》が放送《ほうそう》されていくうちに、幽霊《ゆうれい》サーカス団《だん》は幅広《はばひろ》い世代《せだい》に知《し》られ、個性的《こせいてき》な団員《だんいん》たちにも大勢《おおぜい》のファンがついた。

特《とく》に、全身着《ぜんしんき》ぐるみの白骨団長《はっこつだんちょう》と、愛《あい》くるしいパッチ少年《しょうねん》の人気《にんき》はすさまじく、二人《ふたり》はスタジオに呼《よ》ばれるようになった。

白骨団長《はっこつだんちょう》は、歌《うた》って踊《おど》れてアクロバットもできるスーパーエンターテイナーであり、身体能力《しんたいのうりょく》も桁外《けたはず》れ。着《き》ぐるみを着《き》たまま世界中《せかいじゅう》の金《きん》メダリストに勝負《しょうぶ》を挑《いど》んでは勝《か》ちまくるという伝説《でんせつ》を残《のこ》している。

ベロベロは、その白骨団長《はっこつだんちょう》にあこがれてこの世界《せかい》に入《はい》ったらしい。

「頭下《あたまさ》げられたって、ダメなものはダメなんです」

容赦《ようしゃ》なくユトリは突《つ》っぱねた。

「あんなに頼《たの》んでるんだから、譲《ゆず》ってやればいいじゃないか。マジックアイテムじゃなかったなら興味《きょうみ》ないんだろ？」

礼司《れいじ》はユトリに耳打《みみう》ちした。

「だからこそだよ。なんでマジックアイテムじゃないのか！　南無《なむ》のやつに、これをたたきつけて問《と》い詰《つ》めてやらないと気《き》がすまない」

ユトリは踵《きびす》を返《かえ》すと口《くち》をとがらせながら、スクールの通路《つうろ》を奥《おく》に向《む》かって歩《ある》きはじめた。

その3 ひいばあちゃんちの開《あ》かずの間《ま》

「ところで、礼司《れいじ》の横《よこ》にいるその人《ひと》だれなの、知《し》り合《あ》い？」

通路《つうろ》を進《すす》んでいるうちに、ユトリはようやく櫂《かい》のことに興味《きょうみ》を持《も》ったようだ。

「クラスメイトの高宮櫂《たかみやかい》くんだ。たぶんこれからこのスクールに通《かよ》うことになると思《おも》う」

礼司《れいじ》は櫂《かい》の方《ほう》に目配《めくば》せした。

「よろしく頼《たの》むな」

櫂《かい》はハキハキと、ユトリに頭《あたま》を下《さ》げた。

「ここに櫂《かい》くんが入《はい》ったら、まず教《おそ》わりたい教室《きょうしつ》ってどこなの？」

ユトリは櫂《かい》に聞《き》いた。

「そうだなあ、きみは冒険《ぼうけん》できる教室《きょうしつ》って知《し》ってるかな？」

「櫂《かい》くんは、冒険家《ぼうけんか》にでもなりたいの？」

そう言《い》ってからユトリは、ぷっと吹《ふ》き出《だ》した。

礼司《れいじ》は眉《まゆ》をひそめた。

「だって、おれは冒険家《ぼうけんか》になる！　って、なんだか響《ひび》きがバカっぽくない？」

それ、おまえが言《い》っちゃうんだ。

ところが、あっさり櫂《かい》は認《みと》めて笑《わら》い出《だ》した。

「あはは、なるほどな、確《たし》かにバカっぽい」

「だよね～」

ユトリも楽《たの》しそうだ。

頭《あたま》がくらくらする。どうやら自分《じぶん》だけ感覚《かんかく》がずれているようだ。

「冒険《ぼうけん》って言《い》っても、ゲームの世界《せかい》なら、かなりポピュラーなジャンルだよ」

礼司《れいじ》は、話《はなし》を改《あらた》めて仕切《しき》りなおした。

引《ひ》き受《う》けたからには、やるべきことはやる。

礼司《れいじ》が調《しら》べてみると、冒険《ぼうけん》に関《かん》する教室《きょうしつ》はそこそこ見《み》つかった。

中心《ちゅうしん》となるのは、主《おも》に専用《せんよう》のゲーム機《き》やコンピュータを介《かい》して、さまざまな架空《かくう》のデジタル空間《くうかん》を冒険《ぼうけん》するという体験教室《たいけんきょうしつ》だった。

「最近《さいきん》では、自分《じぶん》の体《からだ》の動《うご》きをトレースして、仮想空間《かそうくうかん》のモンスターと戦《たたか》うゲームの開発《かいはつ》も進《すす》んでいるみたいで、それぞれのプレイヤーの技術《ぎじゅつ》とか反射神経《はんしゃしんけい》がそのまま反《はん》映《えい》されて、実際《じっさい》に自分《じぶん》が剣《けん》と魔法《まほう》の世界《せかい》で戦《たたか》っているような感覚《かんかく》になるんだそうだよ」

「剣《けん》と魔法《まほう》!」

そのキラーワードで、ユトリの目《め》の色《いろ》が変《か》わった。

近《ちか》ごろは、対戦型《たいせんがた》コンピュータゲームも、スポーツ競技《きょうぎ》としてとらえる流《なが》れがある。

スポーツなら燿《かい》の得意分野《とくいぶんや》だろう。

「じゃあ、燿《かい》くんがまず行《い》くべき教室《きょうしつ》は、わたしたちと同《おな》じ魔法教室《まほうきょうしつ》でいいんじゃないの?」

「そんな教室《きょうしつ》があるならすぐ行《い》こう！」

櫂《かい》は大声《おおごえ》で言《い》った。

ええと、なんでそうなる？

「この通路《つうろ》のいちばん奥《おく》だから、そこまで競走《きょうそう》だよ」

ユトリは言《い》うが早《はや》いか、魔法教室《まほうきょうしつ》へ向《む》かって走《はし》りだしていた。

「その勝負《しょうぶ》、買《か》った！」

櫂《かい》は軽《かろ》やかにスタートを切《き》ると、まばたきする間《ま》もなくトップスピードに達《たっ》し、フライングでかなりずるしたユトリをあっという間《ま》に抜《ぬ》き去《さ》った。

やれやれだ。

礼司《れいじ》が魔法教室《まほうきょうしつ》の前《まえ》にたどり着《つ》いた時《とき》には、普段《ふだん》とまったく様子《ようす》の変《か》わらない櫂《かい》が、ゼーゼーと肩《かた》で息《いき》をしているユトリを気《き》づかっていた。

「相手《あいて》が悪《わる》かったな。彼《かれ》の運動神経《うんどうしんけい》は全国《ぜんこく》レベルだよ」

「そういうことは……先《さき》に……言《い》っといてよね……」

礼司《れいじ》の顔《かお》を見《み》るなり、ユトリは息《いき》を切《き》らしながら文句《もんく》を言《い》った。

いや、話《はな》すひまなかったろ。

ユトリの呼吸《こきゅう》が落《お》ち着《つ》いてから、三人《にん》は魔法教室《まほうきょうしつ》の入《い》り口《ぐち》をくぐった。

「現実《げんじつ》に魔法《まほう》でモンスターと戦《たたか》える場所《ばしょ》ってどこにありますか？」

あるという前提《ぜんてい》で、ユトリは開口一番《かいこういちばん》、南無《なむ》にたずねた。

「さすがにねーだろー」

いつものイスにすわっていた南無《なむ》は、こちらに首《くび》を巡《めぐ》らせた。

「剣士《けんし》と魔法使《まほうつか》いがパーティーを組《く》んで迷宮《めいきゅう》の魔王《まおう》を倒《たお》したり、空《そら》を飛《と》んでるドラゴンを退治《たいじ》したりするような世界《せかい》って、本当《ほんとう》にないんですかっ！」

簡単《かんたん》にユトリは引《ひ》き下《さ》がらない。

最初《さいしょ》はちょっとバカにしていたくらいだったのに、魔法《まほう》がらみと聞《き》いて、いまはなんならいっしょに冒険《ぼうけん》の旅《たび》に出《で》かけそうな勢《いきお》いだ。

「そんなもんあるか！」

「ええぇ〜、魔法使《まほうつか》いはいるのに〜」

ユトリはぶうたれた。

礼司《れいじ》は、南無《なむ》ならドラゴンくらいはいると言《い》いかねないと思《おも》っていたが、答《こた》えは思《おも》ったより常識的《じょうしきてき》でほっとした。

「なんなら、剣士《けんし》もいるけどな」

「剣士《けんし》はいるんだ」

ユトリは、ぽつりとつぶやいた。

「昔《むかし》は日本《にほん》にもたくさんいたんだよ」

南無《なむ》は手元《てもと》にあった、物差《ものさ》しのような物《もの》を持《も》って剣道《けんどう》のかまえをした。

「ああ、もしかして武士《ぶし》のこと？」

「そうとも言《い》うな」

南無《なむ》はうなずいた。

「な〜んだ、あれか」

ユトリが思《おも》っていたのとはちがったようだ。

「この世《よ》にドラゴンがいないのは仕方《しかた》がないとして、おれのひいばあちゃんの家《いえ》に、開《あ》かずの間《ま》っていうのがあるんですよ」

そこで櫂《かい》がふと思《おも》いついたかのように話《はな》し始《はじ》めた。

「実際《じっさい》におれはまだ中《なか》に入《はい》ったことはないんだけど、死《し》んだじいちゃんの話《はなし》によると、その部屋《へや》の中《なか》には大《おお》きな穴《あな》があって、気味《きみ》の悪《わる》い生《い》き物《もの》がうじゃうじゃいる地下迷《ちかめい》宮《きゅう》につながっているって言《い》うんですよ」

かなり突拍子《とっぴょうし》のない話《はなし》だが、南無《なむ》は表情《ひょうじょう》一つ変《か》えない。

「どうせ、子《こ》どもたちをビビらせて部屋《へや》に近《ちか》づかせないために、じいちゃんがついたうそだと最近《さいきん》まで思《おも》っていたんですけど、今年《ことし》の正月《しょうがつ》、久《ひさ》しぶりにひいばあちゃんちに家族《かぞく》で行《い》ってみたら、その開《あ》かずの間《ま》の扉《とびら》が少《すこ》しだけ開《あ》いていたんです」

ユトリがごくりと唾《つば》を呑《の》み込《こ》んだ。

「いつかのぞいてやろうと思《おも》っていたから、おれはその扉《とびら》に近《ちか》づきました。そしたら、何《なに》かを踏《ふ》んづけた感覚《かんかく》があって、足下《あしもと》を見《み》たんです。すると、薄気味悪《うすきみわる》い長《なが》い髪《かみ》のようなものがありました。目《め》でたどってみると、それが部屋《へや》の真《ま》ん中《なか》にある大《おお》きな穴《あな》からのびていて……」

「何《なに》それ？」

ユトリは震《ふる》え上《あ》がった。

「おれは踏《ふ》みつけていたそれをつかんで、思《おも》いっきり引《ひ》っ張《ぱ》ったんです」

「よくやるな」

礼司《れいじ》も鳥肌《とりはだ》が立《た》った。

「そうしたら、穴《あな》の中《なか》から、ご――って空気《くうき》を大量《たいりょう》に吸《す》い込《こ》んでいるような音《おと》が聞《き》こえてきたかと思《おも》うと、髪《かみ》の毛《け》みたいなやつが逆《ぎゃく》に吸《す》い込《こ》まれはじめたから、あわてて手《て》を離《はな》したんだけれど、つかんだままでいたらそのまま引《ひ》きずり込《こ》まれるところだった。これっていったい、なんだと思《おも》います?」

櫂《かい》はそこで一呼吸《ひとこきゅう》いれた。

「それは要屋敷《かなめやしき》の古井戸《ふるいど》だな。きみはミヤコさんのひ孫《まご》さんなんだな」

南無《なむ》には心当《こころあ》たりがあるようだ。

「先生《せんせい》は、ひいばあちゃんのこと、ご存《ぞん》じなんですか?」

櫂《かい》はおどろいて聞《き》き返《かえ》した。

「もちろんだとも。わたしたちの界隈《かいわい》で要《かなめ》ミヤコの名前《なまえ》を知《し》らないならモグリだよ」

南無《なむ》は腕《うで》を組《く》んでうなずいた。

「その髪《かみ》の毛《け》みたいなのって、いったいなんなの？」

しびれを切《き》らしたユトリが口《くち》をはさんだ。

「それは井戸《いど》の糸《いと》だな。めったなことでは切《き》れない桁外《けたはず》れに頑丈《がんじょう》な糸《いと》だよ。一本《ぽん》でもとんでもないが、集《あつ》めてなえば恐《おそ》ろしく強《つよ》い縄《なわ》ができるんだよ」

「ワイヤーロープとどっちが強《つよ》いですか？」

礼司《れいじ》は聞《き》いた。

「そもそも井戸《いど》の糸《いと》は、切《き》る手段《しゅだん》がほとんどないんだ。ワイヤーは、どんなに太《ふと》くても切《き》ることができる時点《じてん》で比《くら》べものにならんよ」

南無《なむ》の答《こた》えは、にわかには信《しん》じがたい。

その話《はなし》が本当《ほんとう》ならば、使《つか》い道《みち》はいくらでもあるはずだ。

「なんで、そんなすごい素材《そざい》が一般《いっぱん》に知《し》られていないんですか？」

何《なに》かデメリットがなければ、礼司《れいじ》には納得《なっとく》がいかない。

「理由《りゆう》は簡単《かんたん》だよ。井戸《いど》の糸《いと》は、圧倒的《あっとうてき》に量《りょう》が少《すく》ないレア素材《そざい》だからだ。当然《とうぜん》だが知《し》っている人《ひと》は知《し》っているし、素材《そざい》ハンターたちが世界中《せかいじゅう》を血眼《ちまなこ》になって探《さが》しまわってはいるが、いまのところ要屋敷《かなめやしき》の古井戸《ふるいど》でしか発見《はっけん》されていないんだ」

「だったらさ、政府《せいふ》とか偉《えら》い人《ひと》たちがやってきて、櫂《かい》くんのひいおばあさんからその井戸《いど》を取《と》り上《あ》げたりしないの？」

ユトリは疑問《ぎもん》を口《くち》にした。

「そりゃあ、どの時代《じだい》の権力者《けんりょくしゃ》たちもみんなほしがったさ。けれど、その糸《いと》を切《き》ることができるのは要《かなめ》の当主《とうしゅ》だけだった。結局《けっきょく》その井戸《いど》は、要《かなめ》の者《もの》に任《まか》せるしかない、という結論《けつろん》に至《いた》ったってわけだ」

「櫂《かい》くんのひいおばあちゃんちって、魔法《まほう》の糸《いと》を生《う》み出《だ》す魔法使《まほうつか》いの家《いえ》みたい」

ユトリは目《め》を輝《かがや》かせた。

「ミヤコさんは、その常識外《じょうしきはず》れの糸《いと》を使《つか》ったマジックや軽業《かるわざ》で喜《よろこ》ぶ人《ひと》たちを見《み》るのが、大好《だいす》きだったんだ。そんな噂《うわさ》が口《くち》づてで広《ひろ》まって、ありとあらゆるエンターテイナーがアイディアを引《ひ》っさげてミヤコさんの元《もと》をおとずれ、お眼鏡《めがね》にかなった者《もの》だけ、その糸《いと》を手《て》に入《い》れることができたそうだ」

「まったく知《し》らなかった……」

　櫂《かい》はぼそっとつぶやいた。

「そのころ、わたしたちの間《あいだ》では、それをミヤコの糸《いと》って呼《よ》んでたよ。そしてミヤコの糸《いと》をフル活用《かつよう》して、とんでもないショーを繰《く》り広《ひろ》げるサーカス団《だん》が現《あらわ》れたんだ」

　見《み》えないブランコに乗《の》ったスターが空中《くうちゅう》を舞《ま》い、巨大《きょだい》な操《あやつ》り人形《にんぎょう》の悪魔《あくま》が舞《ま》い降《お》りると、観客《かんきゃく》たちに襲《おそ》いかかる。イヌが飛《と》び、トラが飛《と》び、ゾウまで飛《と》んだ。ショーの間《あいだ》、地面《じめん》に足《あし》をついている団員《だんいん》がほとんどいないという圧倒的《あっとうてき》な浮遊感《ふゆうかん》に、子《こ》どもも大人《おとな》も酔《よ》いしれた。

「『幽霊《ゆうれい》サーカス団《だん》』、それが彼《かれ》らの名前《なまえ》だった」

　と南無《なむ》は締《し》めくくった。

「あ――――っ！」

　不意《ふい》にユトリが叫《さけ》んだ。

「忘《わす》れるとこだったわ。これ、ただのオマケカードじゃないか！」

　ユトリは、先《さき》ほどベロベロにその正体《しょうたい》を教《おし》えてもらったばかりのカードを、南無《なむ》の目《め》の前《まえ》の机《つくえ》の上《うえ》にたたきつけた。

「貴重《きちょう》なカードなんだぞ、いらないなら返《かえ》して……」

「いるわ！」

手《て》をのばした南無《なむ》より先《さき》に、ユトリはカードを回収《かいしゅう》した。

「だったら、何怒《なにおこ》ってんだ」

南無《なむ》はため息《いき》をついた。

「ご褒美《ほうび》はマジックアイテムをくれる約束《やくそく》ですよね！」

「そうだっけ？」

南無《なむ》は、礼司《れいじ》の方《ほう》を向《む》いてわざとらしく確認《かくにん》を取《と》る。

「そう・なん・です！」

ユトリは礼司《れいじ》と南無《なむ》の間《あいだ》に入《はい》って、何《なに》かマジックアイテムをよこせと、手《て》のひらを前《まえ》に突《つ》き出《だ》した。

「仕方《しかた》ねえな」

南無《なむ》はイスからゆっくり立《た》ち上《あ》がると、壁《かべ》にかけてあった大《おお》きくて不気味《ぶきみ》なお面《めん》に手《て》をのばした。

「なんですか、それ？」

ユトリだけでなく、櫂《かい》まで南無《なむ》のそばに駆《か》け寄《よ》った。

二人《ふたり》は興味津々《きょうみしんしん》だ。

「フクツーの盾《たて》だよ」

南無《なむ》は、もにょもにょ答《こた》えた。

「不屈《ふくつ》の盾《たて》ですか、なんだかすごそうですね」

櫂《かい》はキラキラした目《め》で、その盾《たて》を眺《なが》めた。

「いやフクツーの盾《たて》だって。これに斬《き》りつけると、三日後《みっかご》に腹痛《ふくつう》に襲《おそ》われる呪《のろ》いの盾《たて》だ」

三日後《みっかご》って、それ意味《いみ》あるのか？

礼司《れいじ》には、ちょっとした嫌《いや》がらせにしかならない代物《しろもの》に思《おも》えた。

「すごい！」

ところが二人《ふたり》はしきりに感心《かんしん》している。

「ほらよ」

ユトリは、腹痛《ふくつう》の盾《たて》を南無《なむ》から受《う》け取《と》ると、それをありがたそうに抱《かか》えた。

「ちょっと、これに斬《き》りつけてみてよ」

ユトリは期待《きたい》に満《み》ちた目《め》で、礼司《れいじ》に向《む》け盾《たて》をかまえている。

「あのなあ」

断固拒否《だんこきょひ》である。

万《まん》が一《いち》、三日後腹痛《みっかごふくつう》になったら洒落《しゃれ》にならない。

「じゃあ、ミヤコさんのひ孫《まご》さんのきみにも何《なに》か進呈《しんてい》しよう」

やけに気前《きまえ》が良《よ》く、櫂《かい》にもプレゼントがあるようだ。

「えっ、いいんですか！」

南無《なむ》の思《おも》いがけない申《もう》し出《で》に、櫂《かい》はおどろいて声《こえ》が裏返《うらがえ》った。

「もちろんだとも。ええとあれ、どこに置《お》いたっけ」

南無《なむ》は、目当《めあ》ての物《もの》を探《さが》して辺《あた》りを見回《みまわ》した。

「どんな形《かたち》をしてる物《もの》なんですか？」

どうやら櫂《かい》はいっしょに探《さが》すつもりだ。

「おおっと、あったあった」

それは、答《こた》える前《まえ》に見《み》つかった。

南無《なむ》が机《つくえ》のいちばん下《した》の引《ひ》き出《だ》しからつまみ上《あ》げたのは、細《ほそ》い針《はり》のような物《もの》だった。

「これぞ、聖剣《せいけん》トゥースピックだ」

つまり、日本語《にほんご》で言《い》ったら爪楊枝《つまようじ》のことね。

「これは、どんな硬《かた》い鎧《よろい》でも貫《つらぬ》ける魔法剣《まほうけん》だ」

「魔法剣《まほうけん》！」

二人《ふたり》は声《こえ》をそろえた。

いやそれ、一寸法師《いっすんぼうし》の武器《ぶき》だから。

「ためしてみる？」

ユトリは性懲《しょうこ》りもなく例《れい》の盾《たて》をかまえた。

ところが櫂《かい》は躊躇《ちゅうちょ》なく、その盾《たて》に聖剣《せいけん》トゥースピックを突《つ》き立《た》てた。

「わっ、これ薄《うす》い紙《かみ》に刺《さ》してるみたいだぞ！」

そのまま櫂《かい》はおもしろがって、何度《なんど》も例《れい》の盾《たて》に、例《れい》の爪楊枝《つまようじ》をブスブス突《つ》き刺《さ》している。

「えっ、やらせてやらせて」

ユトリと櫂《かい》は、お互《たが》いのアイテムを持《も》ち替《か》えた。

三日後《みっかご》、自分《じぶん》たちに腹痛《ふくつう》がきたら、それはそれで二人《ふたり》はおもしろがって大《おお》さわぎなんだろうな。

「いや、おまえが正《ただ》しいよ」

南無《なむ》は礼司《れいじ》の肩《かた》をたたいた。

その4　古《ふる》いビデオテープに映《うつ》っていたもの

「ところで、本当《ほんとう》にもうサッカーする気《き》はないの？」

いまでも礼司《れいじ》は、もったいないと思《おも》っている。

「サッカー漬《づ》けの毎日《まいにち》にはもう戻《もど》りたくないな。それよりいまは、いろいろやってみたいんだ」

「じゃあ、このスクールに通《かよ》うんだね？」

ユトリは、背《せ》の高《たか》い櫂《かい》の顔《かお》をまじまじと見上《みあ》げた。

「ああもちろん。知《し》りたいこともたくさん増《ふ》えたしね」

櫂《かい》は、白《しろ》い歯《は》を見《み》せた。

「なになに？」

ユトリは無邪気《むじゃき》に聞《き》いた。

「まずは幽霊《ゆうれい》サーカスだな。ミヤコばあちゃんの糸《いと》をどんなふうに使《つか》っていたのか、映像《えいぞう》が残《のこ》っているならいろいろ見《み》てみたい」

「動画《どうが》サイトに何《なに》か残《のこ》ってるかもしれないな」

礼司《れいじ》は自分《じぶん》の携帯端末《けいたいたんまつ》でさっそく調《しら》べ始《はじ》めた。

「幽霊《ゆうれい》サーカス」でキーワード検索《けんさく》してみると、想像以上《そうぞういじょう》にたくさんの画像《がぞう》がアップされていた。

「白骨団長《はっこつだんちょう》はかっこいいな」

櫂《かい》が感心《かんしん》している。

映像《えいぞう》で見《み》る白骨団長《はっこつだんちょう》の着《き》ぐるみは、骸骨《がいこつ》でありながら特撮《とくさつ》ドラマのヒーローのようであった。口調《くちょう》は紳士的《しんしてき》で、動《うご》きも優雅《ゆうが》でさまになっている。

「幽霊《ゆうれい》サーカスがどんな感《かん》じだったか、わかる動画《どうが》はほとんどないね」

ユトリはつぶやいた。

白骨団長《はっこつだんちょう》に関《かん》する動画《どうが》は多《おお》く、分野《ぶんや》も多岐《たき》にわたっていたが、幽霊《ゆうれい》サーカス団《だん》の演《えん》技《ぎ》に関《かん》するものはあまり見当《みあ》たらなかった。

「だったらおもしろいものがあるぞ」

南無《なむ》は、部屋《へや》のすみに積《つ》んであった段《だん》ボール箱《ばこ》の一つをあさると、中《なか》から黒《くろ》い小《ちい》さな箱《はこ》みたいな物《もの》を取《と》り出《だ》した。

「これは、ビデオテープですね」

ビデオテープとは、画像《がぞう》や音声《おんせい》を、中《なか》に巻《ま》かれた長《なが》い磁気《じき》テープに記録《きろく》したものである。

礼司《れいじ》の家《いえ》の納戸《なんど》にも、数十本《すうじゅっぽん》のビデオテープがある。録画《ろくが》された映像《えいぞう》を見《み》るためには、ビデオテープの規格《きかく》ごとに専用《せんよう》の再生機《さいせいき》が必要《ひつよう》で、使《つか》い勝手《がって》が悪《わる》く、いまではほとんど使《つか》われなくなった古《ふる》いメディアである。

「そうだ。これは、幽霊《ゆうれい》サーカスのステージ裏《うら》を撮影《さつえい》した、超貴重《ちょうきちょう》なお宝映像《たからえいぞう》なのだよ」

南無《なむ》は、自慢《じまん》げに説明《せつめい》した。

「ちゃんと許可《きょか》を取《と》ったんでしょうね。魔法《まほう》で透明《とうめい》になって撮《と》ったとかナシですよ」

礼司《れいじ》が一応確《いちおうたし》かめた。

「と、当然《とうぜん》じゃないか」

南無《なむ》の目《め》が泳《およ》いだ気《き》がする。かなりグレーゾーンの品物《しなもの》かもしれない。

「とにかく早《はや》く見《み》てみようよ」

ユトリには、そんなことはどうでもいいようだ。

「確《たし》か専用《せんよう》の再生機《さいせいき》があるはず……」

礼司《れいじ》は部屋《へや》を見《み》まわしたが、それらしい物《もの》は見当《みあ》たらない。

「ここには、そんな物《もの》ないぞ」

南無《なむ》は平然《へいぜん》と言《い》った。

「まあ、想定内《そうていない》です」

期待《きたい》はしていない。礼司《れいじ》は、いたって冷静《れいせい》に南無《なむ》からそのビデオテープを借《か》り受《う》け、二人《ふたり》と連《つ》れ立《だ》って教室《きょうしつ》の外《そと》へ出《で》た。

「これからどうするの？」

ユトリは、通路《つうろ》に出《で》るや否《いな》や、礼司《れいじ》の顔《かお》をのぞき込《こ》んだ。

「電子《でんし》レンジや冷蔵庫《れいぞうこ》やステレオやら、通路《つうろ》にあふれるくらいの家電《かでん》を積《つ》み上《あ》げている教室《きょうしつ》があるだろ？」

ユトリは首《くび》をひねった。

かなり目立《めだ》つ教室《きょうしつ》だと思《おも》うが。まあ、ユトリは興味《きょうみ》ないことには見向《みむ》きもしないからな。

「家電修理《かでんしゅうり》の教室《きょうしつ》だよ。あそこならこんなビデオテープの再生《さいせい》くらい、簡単《かんたん》にできる機械《きかい》がいくらでもあるはずさ」

「さすが、おれが見込《みこ》んだだけのことはあるな」

不意《ふい》に櫂《かい》から背中《せなか》を勢《いきお》いよくたたかれ、礼司《れいじ》は咳《せ》き込《こ》んでしまった。

端末《たんまつ》で教室《きょうしつ》の位置《いち》を確認《かくにん》すると、二人《ふたり》は目的地《もくてきち》を目指《めざ》してまたも駆《か》け出《だ》した。

やれやれ、どれだけ体力《たいりょく》がありあまってんだよ。

またしても礼司《れいじ》は、小走《こばし》りで二人《ふたり》を追《お》いかける羽目《はめ》になった。

「遅《おそ》いぞ」

礼司《れいじ》が到着《とうちゃく》すると、ユトリがしびれを切《き》らしていた。

「はいはい」

礼司《れいじ》は、軽《かる》く手《て》を上《あ》げた。

家電修理《かでんしゅうり》の教室《きょうしつ》。礼司《れいじ》にとっては、実《じつ》は前《まえ》から気《き》になっていたクラスである。

講師《こうし》の名前《なまえ》は土門行夫《どもんゆきお》。身長《しんちょう》は低《ひく》めで、厚《あつ》い胸板《むないた》に太《ふと》い腕《うで》、服《ふく》を汚《よご》さないようにエプロンを首《くび》から下《さ》げている。白髪《しらが》交《ま》じりの頭《あたま》には老眼鏡《ろうがんきょう》をのせ、顔《かお》の下半分《したはんぶん》はひげで覆《おお》われている。

土門《どもん》は教室《きょうしつ》の入《い》り口《ぐち》で何《なに》かの機械《きかい》をいじっていた。

「ドワーフだ、ドワーフだ」

二人《ふたり》が後《うし》ろでこそこそ話《はな》している。

礼司《れいじ》は無視《むし》して土門《どもん》に話《はな》しかけた。

「土門先生《どもんせんせい》、お忙《いそが》しいところ申《もう》し訳《わけ》ないのですが、このビデオテープの中身《なかみ》を確認《かくにん》したいんです。何《なに》か方法《ほうほう》をご存《ぞん》じでしたら、教《おし》えていただけないでしょうか？」

バカていねいにそう言《い》うと、南無《なむ》のビデオテープを見《み》せながら頭《あたま》を下《さ》げた。

「どれどれ、かしてみなさい」

土門《どもん》は気《き》さくな感《かん》じで、そのビデオテープを受《う》け取《と》った。

「8ミリテープだな。状態《じょうたい》が良《よ》ければいますぐにでも確認《かくにん》できるが、どうするかね？」

「お願《ねが》いします」

願《ねが》ったりかなったりだ。

礼司《れいじ》は再《ふたた》び頭《あたま》を下《さ》げた。

土門《どもん》は礼司《れいじ》たちを自分《じぶん》の教室《きょうしつ》に招《まね》き入《い》れた。

室内《しつない》は、ほとんど人《ひと》が入《はい》れないほど、家電《かでん》でいっぱいだ。洗濯機《せんたくき》と冷蔵庫《れいぞうこ》の隙間《すきま》から、土門《どもん》が手招《てまね》きしている。三人《にん》はその隙間《すきま》に体《からだ》をねじ込《こ》んだ。

四角《しかく》い箱《はこ》のようなブラウン管《かん》テレビがいくつも並《なら》んでいる。土門《どもん》は、まわりにあるいくつかの機械《きかい》に電源《でんげん》を入《い》れた。すると、目《め》の前《まえ》の大《おお》きなブラウン管《かん》テレビが、ブーンと音《おと》を立《た》てながらだんだん光《ひか》り始《はじ》める。

準備《じゅんび》が整《ととの》ったようだ。

「8ミリカメラでも再生《さいせい》できるが、画面《がめん》は大《おお》きい方《ほう》がいいだろ」

南無《なむ》のビデオテープを確認《かくにん》していた土門《どもん》は、そのまま専用《せんよう》のビデオデッキに押《お》し込《こ》んだ。

カチャカチャ音《おと》を立《た》てながらテープがデッキに収《おさ》まると、土門《どもん》は再生《さいせい》ボタンを押《お》した。

すぐに映像《えいぞう》が再生《さいせい》された。

カメラの位置《いち》がかなり低《ひく》い。地面《じめん》をすれすれに移動《いどう》しているようだ。

ラジコンにでもカメラをのせているのか、と思《おも》った瞬間《しゅんかん》、カメラの映像《えいぞう》はいきなり上《うえ》を向《む》き、三角屋根《さんかくやね》の大《おお》きなテント小屋《ごや》が映《うつ》し出《だ》された。

「ん？」

それを見《み》た土門《どもん》が、顔《かお》を画面《がめん》に寄《よ》せた。

その間《あいだ》もカメラはテントに近《ちか》づいていく。

「これは、幽霊《ゆうれい》サーカスのテントじゃないのか？」

土門《どもん》は、礼司《れいじ》たちの方《ほう》を見《み》て言《い》った。

「そのはずです。先生《せんせい》は、幽霊《ゆうれい》サーカスのことをご存《ぞん》じなんですか？」

「知《し》ってるも何《なに》も、ここで働《はたら》いていたよ。電気関係《でんきかんけい》は、だいたいわたしがやっていたんだ」

まさか、こんなところで幽霊《ゆうれい》サーカスにつながるとは思《おも》ってもいなかった。

礼司《れいじ》は、櫂《かい》の曾祖母《そうそぼ》のことといい、ベロベロが集《あつ》めているカードのことといい、何《なに》か言《い》いしれない深《ふか》い縁《えん》みたいなものを感《かん》じてしまった。

「少《すこ》し映像《えいぞう》を早回《はやまわ》しするぞ」

土門《どもん》はそう言《い》うと、機械《きかい》を操作《そうさ》した。

倍速《ばいそく》モードに切《き》り替《か》わり、カメラは高速《こうそく》でテント小屋《ごや》に近《ちか》づいて中《なか》にもぐり込《こ》む。するといきなりテントの中《なか》が見《み》わたせる高《たか》い位置《いち》に移動《いどう》して、ピタリと動《うご》かなくなった。

土門《どもん》はそこで映像《えいぞう》を通常《つうじょう》の速度《そくど》に戻《もど》した。

「このカメラの動《うご》き、どういう仕組《しく》みなのかまったくわからないな」

土門《どもん》は、自分《じぶん》のあごひげを触《さわ》りながら首《くび》をひねっている。

「ドローンのカメラじゃないんですか？」

「この時代《じだい》に、こんな映像《えいぞう》が撮《と》れるドローンなど存在《そんざい》しない」

耀《かい》の質問《しつもん》に土門《どもん》は答《こた》えた。

「このテープの出《で》どころ……いや聞《き》かないでおこう。あのテントの中《なか》では、不思議《ふしぎ》なことはいっぱいあった。いちいち詮索《せんさく》してもきりがないな」

土門《どもん》が自分《じぶん》で勝手《かって》に納得《なっとく》してくれて、礼司《れいじ》はほっとした。

それからしばらく、団員《だんいん》たちの練習風景《れんしゅうふうけい》が続《つづ》いた。

「本当《ほんとう》に空《そら》を飛《と》んでいるみたい。ミヤコの糸《いと》はまったく見《み》えないね」

「きみらはミヤコの糸《いと》のことを知《し》っているのか？」

ユトリが言《い》ってしまったので隠《かく》しても仕方《しかた》ない。それに土門《どもん》は関係者《かんけいしゃ》でもある。むしろくわしい話《はなし》を聞《き》き出《だ》したい。

「もちろん知《し》っています。なぜなら、彼《かれ》は要《かなめ》ミヤコさんのひ孫《まご》なんです」

礼司《れいじ》は耀《かい》のほうに手《て》をかざした。

「そうだったのか。ミヤコの糸《いと》はすごい発明《はつめい》だよ。あの細《ほそ》い糸《いと》を使《つか》った空中芸《くうちゅうげい》があってこその幽霊《ゆうれい》サーカスなんだ。まさに命綱《いのちづな》だった」

発明《はつめい》？　そういう認識《にんしき》だったのか。

礼司《れいじ》はだまって聞《き》き流《なが》した。

「ミヤコさんは幽霊《ゆうれい》サーカスによく足《あし》を運《はこ》んでくれた。いつも団員《だんいん》たちのパフォーマンスに子《こ》どもみたいに大《おお》はしゃぎして。それをみんな励《はげ》みにしてたな。ミヤコさんは元気《げんき》にしてますか？」

土門《どもん》は櫂《かい》にたずねた。

「元気《げんき》です。ただ、ひいばあちゃんが子《こ》どもみたいに大《おお》はしゃぎしてたなんて話《はなし》、おれにはあまり想像《そうぞう》できないです。いまのひいばあちゃんはなんていうか、かなりクールで、笑《わら》った顔《かお》を見《み》た記憶《きおく》はほとんどないです」

櫂《かい》は、うれしいような悲《かな》しいような複雑《ふくざつ》な表情《ひょうじょう》をして答《こた》えた。

「そうだったのか……しかしあんなことがあったら、仕方《しかた》がないかもしれないな」

「どんなことがあったんですか？」

櫂《かい》がたずねた。

「事故《じこ》があった。幽霊《ゆうれい》サーカスの花形《はながた》スター、白骨団長《はっこつだんちょう》が満員《まんいん》の客席《きゃくせき》の中《なか》に転落《てんらく》したんだ。ちょうどその日《ひ》、ミヤコさんも客席《きゃくせき》にいて、そのショックは相当《そうとう》なものだったにちがいない。ミヤコさんはしばらく呆然《ぼうぜん》と立《た》ちすくんでいたが、その後《あと》のことは知《し》らない。その日《ひ》から、ショーを見《み》に来《き》てくれなくなったからな」

ビデオの画面《がめん》を見《み》ながら、土門《どもん》が言《い》った。

「その後《あと》、ショーはどうなったんですか？　白骨団長《はっこつだんちょう》は無事《ぶじ》だったんですか？」

櫂《かい》は矢継《やつ》ぎ早《ばや》にたずねた。

「ショーは終盤《しゅうばん》だったが急遽中止《きゅうきょちゅうし》して、すぐに救急車《きゅうきゅうしゃ》を呼《よ》んだ。幸《さいわ》い観客《かんきゃく》にそれほどのけが人《にん》はいなかった。ところが、上《うえ》から落《お》ちた団長《だんちょう》が見当《みあ》たらない。着《き》ぐるみだけを残《のこ》し、団長《だんちょう》はその日《ひ》から姿《すがた》を消《け》したんだ」

改《あらた》めてネット検索《けんさく》してみると、その辺《あた》りの事《こと》の顛末《てんまつ》はいろいろ書《か》いてあった。

「あ、これだ。これこれ、この人《ひと》が白骨団長《はっこつだんちょう》だよ」

練習風景《れんしゅうふうけい》が流《なが》れるビデオを一時停止《いちじていし》し、土門《どもん》が画面《がめん》の中《なか》の人物《じんぶつ》を指差《ゆびさ》した。

ユトリたちは、いっせいに画面《がめん》に注目《ちゅうもく》した。

着《き》ぐるみを脱《ぬ》いでいる。生《なま》の姿《すがた》だ。

「なんか白《しろ》っぽくて、顔《かお》がはっきり映《うつ》ってないよ」

ユトリは眉《まゆ》を寄《よ》せた。

「団長《だんちょう》は着《き》ぐるみを脱《ぬ》いでも、常《つね》にミイラ男《おとこ》のような白《しろ》い包帯《ほうたい》を巻《ま》いていたんだ。顔《かお》全体《ぜんたい》に火傷《やけど》の痕《あと》があるからだと、ほかの団員《だんいん》には説明《せつめい》していた」

「みんな、それを信《しん》じていたんですか？」

礼司《れいじ》は聞《き》いた。

「どうかな、サーカス団《だん》っていうのは、芸《げい》さえ確《たし》かなら、その人《ひと》の素性《すじょう》をあれこれ詮《せん》索《さく》しないってだけのことだろうな」

その口《くち》ぶりからすると、土門《どもん》も白骨団長《はっこつだんちょう》の火傷《やけど》を信《しん》じてはいなかったのかもしれない。

「姿《すがた》の消《け》し方《かた》が不自然《ふしぜん》なんで、団長《だんちょう》は指名手配犯《しめいてはいはん》だったんじゃないかって噂《うわさ》もあった。マスコミが取材《しゅざい》に来《き》て、これだけの人数《にんずう》がいて、だれも団長《だんちょう》の素顔《すがお》を見《み》たことないのかってあきれていたよ」

だれかをおどろかせたり、感動《かんどう》させたりするのが仕事《しごと》の人《ひと》たちだ。一般《いっぱん》の常識《じょうしき》とは、かけ離《はな》れていたとしても不思議《ふしぎ》ではない。

幽霊《ゆうれい》サーカスはその後、白骨団長《はっこつだんちょう》の着《き》ぐるみを二代目《だいめ》が演《えん》じることになったが、初代《しょだい》のパフォーマンスには遠《とお》くおよばず。次第《しだい》に客足《きゃくあし》は遠《とお》のき、十年《ねん》ほど前《まえ》にサーカス団《だん》をたたむことになったという。

「実《じつ》を言《い》うと、このスクールに元団員《もとだんいん》の講師《こうし》が何人《なんにん》も登録《とうろく》しているんだ」

「そうなんですか？」

土門《どもん》からの思《おも》いがけない話《はなし》に、礼司《れいじ》は聞《き》き返《かえ》した。

「みんな一芸《いちげい》に秀《ひい》でた者《もの》ばかりだから、講師《こうし》の仕事《しごと》は造作《ぞうさ》もないことだよ」

土門《どもん》はニヤリとした。

「大道具《おおどうぐ》、小道具《こどうぐ》、衣装《いしょう》、着《き》ぐるみ、看板《かんばん》、客席《きゃくせき》、照明《しょうめい》、テントに至《いた》るまで、サーカス団《だん》の機材《きざい》はここの倉庫《そうこ》に資料《しりょう》として保管《ほかん》してある。ゆくゆくは団員《だんいん》をこのスクールに全員集《ぜんいんあつ》めて、サーカス団《だん》を復活《ふっかつ》させたいと思《おも》ってるんだ」

「いい、それすごくいい！」

ユトリがその場《ば》でぴょんぴょん飛《と》び跳《は》ねたので、家電《かでん》の山《やま》が崩《くず》れそうになり、礼司《れいじ》とみんなはあわててユトリを押《お》さえつける羽目《はめ》になった。

「では、絶対《ぜったい》に見《み》つけたい人《ひと》がいますね」

礼司《れいじ》は言《い》った。

「そうだ」

土門《どもん》は深《ふか》くうなずいた。

「それだれのこと？」

「消《き》えた白骨団長《はっこつだんちょう》のことだろ」

ユトリの疑問《ぎもん》には櫂《かい》が答《こた》えた。

「いったい団長《だんちょう》は、どこで何《なに》をしているのやら……」

土門《どもん》はため息《いき》をついた。

「何《なに》か手《て》がかりはないんですか？」

礼司《れいじ》はたずねた。

「それが何《なに》もない。団長《だんちょう》のことだからどこで何《なに》をしても目立《めだ》つとは思《おも》うんだが……」

「もしかすると新《あたら》しい着《き》ぐるみで、すでに活躍《かつやく》しているのかもしれませんね」

礼司《れいじ》は、上《うえ》を見《み》ながらつぶやいた。

「新《あたら》しい着《き》ぐるみねぇ……」

ユトリは、自分《じぶん》でそうつぶやいた瞬間《しゅんかん》、はっとなった。

「ベロベロだ！」

櫂《かい》も気《き》づいたらしく、ユトリと同時《どうじ》に叫《さけ》んだ。

「あいつ怪《あや》しい！　白骨団長《はっこつだんちょう》のカードにもこだわってた！」

「あの人並外《ひとなみはず》れた身体能力《しんたいのうりょく》も、彼《かれ》が白骨団長《はっこつだんちょう》ならうなずけるぞ！」

二人《ふたり》とも、すっかりその気《き》になっている。

「確《たし》かにその可能性《かのうせい》はありそうだよね。ベロベロが土門先生《どもんせんせい》の計画《けいかく》を知《し》ったら、どう反応《はんのう》するかためしてみよう」

礼司《れいじ》も、なんだかワクワクしてきた。

「それから、ミヤコの糸《いと》も実物《じつぶつ》を見《み》てみたいですね。スクールの倉庫《そうこ》に、当時《とうじ》の幽霊《ゆうれい》サーカスで使用《しよう》していた糸《いと》は保存《ほぞん》してありますか？」

「当然《とうぜん》だ」

土門《どもん》はうなずいた。

「元団員《もとだんいん》のみなさんにも話《はなし》が聞《き》きたいですね」

「リストをつくっておくから、後《あと》で取《と》りにくるといい」

礼司《れいじ》は土門《どもん》に頭《あたま》を下《さ》げた。

「きみのひいおばあさんにも事情《じじょう》を聞《き》いてみたいんだけれど、どうかな?」

今度《こんど》は櫂《かい》にたずねた。

「ここまできたら、おれもひいばあちゃんの話《はなし》が聞《き》いてみたい」

櫂《かい》もその気《き》のようだ。

「じゃあ、何《なに》から始《はじ》める?」

ユトリは、礼司《れいじ》のシャツの裾《すそ》を引《ひ》っ張《ぱ》った。

「ベロベロに端末《たんまつ》でメールを送《おく》ろう。本当《ほんとう》のことを書《か》くと警戒《けいかい》されるかもしれないから『先《さき》ほどの幽霊《ゆうれい》サーカスのカードについて。場合《ばあい》によってはお譲《ゆず》りできると思《おも》います。都合《つごう》の良《よ》い時間《じかん》と場所《ばしょ》を知《し》らせてください』っと」

礼司《れいじ》は話《はな》しながらすばやく文章《ぶんしょう》を打《う》って、ユトリの端末《たんまつ》に転送《てんそう》した。

いっちょかみスクールでは、スクール内《ない》のみ専用《せんよう》サーバで、生徒《せいと》どうしや生徒《せいと》と各《かく》講師《こうし》との間《あいだ》で、メールが送《おく》れるようになっている。

「きたきた。そのまま送《おく》るね～」

ユトリは舌《した》なめずりしながら、たったいま、礼司《れいじ》から送《おく》られてきた文字《もじ》データを、ベロベロ宛《あて》のメールにコピペして、すぐに送信《そうしん》ボタンを押《お》した。あとは連絡《れんらく》がくるのを待《ま》つしかない。

「せっかくだから、いまのうちに倉庫《そうこ》へ行《い》って、幽霊《ゆうれい》サーカス団《だん》の機材《きざい》を見《み》てこよう。何《なに》かおもしろい発見《はっけん》があるかもしれない」

「行《い》こう、行《い》こう」

またユトリが、狭《せま》い場所《ばしょ》で飛《と》び跳《は》ねた。

「ちょっと待《ま》て。倉庫《そうこ》に入《はい》るなら生徒《せいと》だけじゃ無理《むり》だ。講師《こうし》かスクールスタッフの同《どう》行者《こうしゃ》が必要《ひつよう》だ。一筆《いっぴつ》書《か》いてやろう、受付《うけつけ》にわたせばだれかスタッフを見《み》つくろってくれるだろう」

さっそく倉庫《そうこ》へ向《む》かおうとする礼司《れいじ》たちを、土門《どもん》が呼《よ》び止《と》めた。

「何《なに》から何《なに》まで、お手数《てすう》かけます」

礼司《れいじ》は土門《どもん》に頭《あたま》を下《さ》げた。

土門《どもん》はいったん教室《きょうしつ》の奥《おく》に引《ひ》っ込《こ》むと、書類《しょるい》と小《ちい》さな段《だん》ボール箱《ばこ》を抱《かか》え、すぐに戻《もど》ってきた。

「まず、これが必要《ひつよう》だろう」

土門《どもん》は、受付《うけつけ》に提出《ていしゅつ》する書類《しょるい》とは別《べつ》の、小《ちい》さなメモを礼司《れいじ》に手《て》わたした。

「それから、これも持《も》っていくといい」

土門《どもん》は、箱《はこ》の中《なか》から腕《うで》にかけるストラップのついた短《みじか》い筒状《つつじょう》の物《もの》を二本《ほん》取《と》り出《だ》すと、それぞれに手《て》わたした。

「懐中電灯《かいちゅうでんとう》ですか？」

「ブラックライトだよ」

礼司《れいじ》の質問《しつもん》に土門《どもん》はそう答《こた》えた。

「当時《とうじ》、観客《かんきゃく》の子《こ》どもたちに配《くば》っていたものだ。このライトを当《あ》てると幽霊《ゆうれい》どもが暗《くら》闇《やみ》の中《なか》で光《ひか》って浮《う》かび上《あ》がるんだ」

土門《どもん》はウインクすると親指《おやゆび》を立《た》てた。

「先生《せんせい》、ありがとう！」

ユトリは、今度《こんど》こそ思《おも》う存分《ぞんぶん》に飛《と》び跳《は》ねた。

その5　パーティーは迷宮《めいきゅう》へ

「土門先生《どもんせんせい》のご依頼《いらい》ですね。専門《せんもん》のスタッフを手配《てはい》しますので、しばらくお待《ま》ちくださいね」

受付係《うけつけがかり》の武井麻里奈《たけいまりな》は、いつもの笑顔《えがお》でそう言《い》うと、なれた手《て》つきで受話器《じゅわき》を取《と》り、どこかに連絡《れんらく》をした。

「ユトリちゃんはいま、どんなことにハマっているんですか？」

スタッフの到着《とうちゃく》を待《ま》つ間《あいだ》に、武井《たけい》は気《き》さくな様子《ようす》でユトリに話《はな》しかけた。

「サーカスだよ、幽霊《ゆうれい》サーカス。どうやらここの倉庫《そうこ》に、幽霊《ゆうれい》サーカス団《だん》の衣装《いしょう》とか、着《き》ぐるみとか保管《ほかん》されているんだって」

ドン！

武井《たけい》は、ロビーに音《おと》が鳴《な》り響《ひび》くほど勢《いきお》いよく、受付《うけつけ》ブースの台《だい》に手《て》をついた。

そして、受付《うけつけ》ブースから転《ころ》がり落《お》ちそうになるくらい身《み》を乗《の》り出《だ》し、叫《さけ》んだ。

「それって、マジな話《はなし》ですかっ!!」

「ほっ、本当《ほんとう》です。土門先生《どもんせんせい》は以前《いぜん》、幽霊《ゆうれい》サーカスで電気関係《でんきかんけい》の技師《ぎし》をしていたそうで……」

見《み》たこともない、武井《たけい》らしからぬリアクションに、礼司《れいじ》は少々《しょうしょう》たじろいだ。

「うわ、マジか～」

次《つぎ》に武井《たけい》は、大《おお》げさに天《てん》を仰《あお》ぎ見《み》た。

「幽霊《ゆうれい》サーカスの元団員《もとだんいん》の方《かた》が何人《なんにん》か、ここで講師《こうし》をされていることはちゃんと知《し》ってます。ただ、裏方《うらかた》の仕事《しごと》をされていた方《かた》までは気《き》づきませんでした。しかも衣装《いしょう》まで保管《ほかん》されていたなんて感激《かんげき》です」

再《ふた》び武井《たけい》は、ガバッとこちらに顔《かお》を向《む》けた。

「なんなら看板《かんばん》やテントも、ここの倉庫《そうこ》にあるそうですよ」

「が〜ん」

武井《たけい》は、そう口《くち》に出《だ》して言《い》った。

「武井《たけい》さんは、幽霊《ゆうれい》サーカスのことが好《す》きなんですね」

いつもテンションが高《たか》いユトリが、ちょっとおとなしく見《み》える。

「好《す》きなんてもんじゃないです。なんせわたしドンピシャ世代《せだい》で、……って、それはっ、ゴーストブラックライトじゃないですかっ！」

武井《たけい》は、ユトリが腕《うで》からぶら下《さ》げている、もらい物《もの》のブラックライトを、震《ふる》える手《て》で指差《ゆびさ》した。

「それ、子《こ》どもが肉眼《にくがん》で見《み》たら危険《きけん》だって言《い》う人《ひと》がいて、わたしが幽霊《ゆうれい》サーカスにやっと入《はい》れた日《ひ》から配布《はいふ》されなくなった、怨念《おんねん》のレアアイテムです」

武井《たけい》は、恨《うら》めしそうな目《め》でそのライトを見《み》つめている。

「よかったらどうぞ」

礼司《れいじ》は、見《み》るに見《み》かねて自分《じぶん》のライトを武井《たけい》に差《さ》し出《だ》した。

「ええええ〜　礼司《れいじ》くん大好《だいす》きです」

武井《たけい》は、受付《うけつけ》ブースから飛《と》び出《だ》してくると、礼司《れいじ》に抱《だ》きつき締《し》め上《あ》げた。

礼司《れいじ》は、苦《くる》しくて顔《かお》が真《ま》っ赤《か》になった。

あくまで苦《くる》しくてだ。勘《かん》ちがいされては困《こま》る。

「あの〜」

背後《はいご》からだれかに声《こえ》をかけられた。

「ああ、木本《きもと》くん来《き》たのね。じゃあ受付《うけつけ》ブースに入《はい》って」

その人《ひと》に、武井《たけい》は淡々《たんたん》と命令《めいれい》した。

「えっ？　ぼくは倉庫番《そうこばん》ですよ。倉庫内《そうこない》を案内《あんない》するのでは……？」

「そっちはわたしがやっておくから、こっちをお願《ねが》いね」

武井《たけい》はうろたえる木本《きもと》に、軽《かる》い会釈《えしゃく》で自分《じぶん》の仕事《しごと》を押《お》しつけた。

どうやら武井《たけい》は、いっしょについてくるつもりのようだ。

「さあみなさん、まいりましょう。倉庫《そうこ》はこっちですよ」

武井麻里奈《たけいまりな》が、礼司《れいじ》たちのパーティーに加《くわ》わった。

いっちょかみスクールの倉庫《そうこ》は、魔法教室《まほうきょうしつ》からいちばん遠《とお》い反対側《はんたいがわ》の端《はし》にあった。

とはいえ受付《うけつけ》からは倉庫《そうこ》の方《ほう》がずっと近《ちか》い。

「古田主任《ふるたしゅにん》、お久《ひさ》しぶりです」

武井《たけい》は倉庫《そうこ》入り口《ぐち》の検問《けんもん》ゲートで、自分《じぶん》のパスをリーダーに通《とお》し、古田《ふるた》と呼《よ》んだグレーの制服《せいふく》を着《き》た職員《しょくいん》に、土門《どもん》から預《あず》かった書類《しょるい》を提出《ていしゅつ》した。

「武井《たけい》ちゃんがここに来《く》るなんてめずらしいな。木本《きもと》のやつはどうしました？」

古田《ふるた》は、受《う》け取《と》った書類《しょるい》に目《め》を通《とお》しながら話《はな》しかけてきた。

「あちらで、少《すこ》し仕事《しごと》を手伝《てつだ》ってもらってます。不都合《ふつごう》があればすぐに来《き》てもらいますが」

「いやあ、大丈夫《だいじょうぶ》。あいつが何《なに》かの役《やく》に立《た》っているなら問題《もんだい》ありませんよ」

古田《ふるた》は顔《かお》の前《まえ》で、手《て》をひらひらさせた。

「これを持《も》っていってください。倉庫《そうこ》の中《なか》は暗《くら》いので足元《あしもと》に気《き》をつけて」

礼司《れいじ》たちが検問《けんもん》ゲートを抜《ぬ》ける際《さい》に、古田《ふるた》は倉庫内《そうこない》の照明《しょうめい》を点《つ》けるためのリモコンと案内図《あんないず》、水《みず》や携帯食《けいたいしょく》、軍手《ぐんて》やビニールひもやガムテープなどの便利《べんり》グッズの入《はい》ったリュックを一つ貸《か》してしてくれた。

リモコンと案内図《あんないず》は武井《たけい》が持《も》ち、リュックは櫂《かい》が背負《せお》った。

短《みじか》い通路《つうろ》を抜《ぬ》け、いよいよ倉庫《そうこ》の中《なか》に入《はい》る。古田《ふるた》が言《い》っていた通《とお》り、倉庫内《そうこない》は真《ま》っ暗《くら》だ。武井《たけい》はリモコンで倉庫《そうこ》の照明《しょうめい》を点《つ》けた。

「なんだ、ここは！」

思《おも》わず櫂《かい》は声《こえ》を上《あ》げた。

高《たか》い天井《てんじょう》まで続《つづ》く棚《たな》が何列《なんれつ》も、しかもそれが、先《さき》がかすんで見《み》えないほど遠《とお》くまで続《つづ》いていた。

「これ、上《うえ》の方《ほう》の品物《しなもの》って、どうやって取《と》るんですか？」

ユトリは目《め》の上《うえ》に手《て》をかざし、その棚《たな》を見上《みあ》げながら武井《たけい》に聞《き》いた。

「先《さき》ほど会《あ》った木本《きもと》くんに頼《たの》めば、はしごをかけて取《と》ってきてくれますよ」

倉庫《そうこ》に保管《ほかん》された物《もの》には、それぞれシリアル番号《ばんごう》が指定《してい》されている。その番号《ばんごう》を彼《かれ》に伝《つた》えればどこであろうと、すぐに捜《さが》し出《だ》して品物《しなもの》を持《も》ってきてくれるというのだ。

「じゃあ、あの人《ひと》がいないとまずいんじゃ」

「大丈夫《だいじょうぶ》。わたしたちの目指《めざ》す倉庫《そうこ》はここじゃありませんから」

心配《しんぱい》するユトリに対《たい》し、武井《たけい》は余裕綽々《よゆうしゃくしゃく》である。

「倉庫《そうこ》ってここだけじゃないんですか？」

礼司《れいじ》はぎょっとした。

「ここは一番倉庫《ばんそうこ》なんです。スクールでよく使《つか》う備品《びひん》が中心《ちゅうしん》に置《お》いてあります。このサイズの倉庫《そうこ》が三番《ばん》まであります」

武井《たけい》はこともなげに言《い》うと、一番倉庫《ばんそうこ》には目《め》もくれず先《さき》に進《すす》んだ。

二番倉庫《ばんそうこ》は書棚《しょだな》だった。

「うわぁ」

つい、感嘆《かんたん》の声《こえ》がもれた。

広《ひろ》い空間《くうかん》が、膨大《ぼうだい》な数《かず》の本《ほん》で埋《う》め尽《つ》くされている。

礼司《れいじ》は感動《かんどう》して目《め》を見開《みひら》いた。

「並《なみ》の図書館《としょかん》じゃ、うちの蔵書《ぞうしょ》に太刀打《たちう》ちできません。さあ先《さき》に進《すす》みましょ。わたしたちが目指《めざ》す物《もの》はここにはありません」

礼司《れいじ》はここに一週間《しゅうかん》くらい入《い》り浸《びた》りたい気分《きぶん》だったが、武井《たけい》は、二番倉庫《ばんそうこ》も早足《はやあし》で素通《すどお》りした。

三番倉庫《ばんそうこ》に入《はい》ると、真《ま》っ黒《くろ》な蒸気機関車《じょうききかんしゃ》がいきなり目《め》に入《はい》ってきた。その向《む》こうには実物大《じつぶつだい》の恐竜《きょうりゅう》の模型《もけい》が見《み》えている。

まるで博物館《はくぶつかん》だ。

気球《ききゅう》の籠《かご》、大仏《だいぶつ》、ヘリコプターのプロペラ、アートコンクールで見《み》たステンドグラスの巨人《きょじん》など、大型《おおがた》の物《もの》が置《お》かれている。

中《なか》にはシートで包《つつ》まれていて、中身《なかみ》がなんなのかわからない物《もの》がいくつもあった。

礼司《れいじ》はその中《なか》に、『管理者《かんりしゃ》　土門行夫《どもんゆきお》』と書《か》かれた張《は》り紙《がみ》が貼《は》られた物体《ぶったい》を発見《はっけん》した。

シートを少《すこ》しめくってみると、大《おお》きな布《ぬの》の塊《かたまり》のようだ。

「これは、サーカス団《だん》のテントのようですね」

「そうです、そうです。このゴワゴワした布《ぬの》に見覚《みおぼ》えがあります。幼《おさな》いころの記憶《きおく》がよみがえりますね」

駆《か》けつけた武井《たけい》は、テントを素手《すで》でなでて確認《かくにん》している。

すぐそばには、組《く》み立《た》て式《しき》の観客席《かんきゃくせき》と長《なが》い柱《はしら》もあった。

「これだけ？　きれいな衣装《いしょう》とか、ピエロが乗《の》る玉《たま》はどこ？」

ユトリは、それらしい物《もの》を見《み》つけられず、辺《あた》りをキョロキョロ見《み》まわしている。

「おそらくそれらは、土門先生《どもんせんせい》の倉庫《そうこ》に入《はい》っているんだと思《おも》いますよ。テントや柱《はしら》は大《おお》きすぎて、そこに収《おさ》まらなかったのでここに置《お》いてあるんでしょうね」

武井《たけい》は答《こた》えた。

「倉庫《そうこ》は、まだほかにもあるんですか？」

礼司《れいじ》は、目《め》を丸《まる》くした。

「もちろん。ここから先《さき》が各先生方《かくせんせいがた》に貸《か》し出《だ》している個別倉庫《こべつそうこ》です」

武井《たけい》は、当《あ》たり前《まえ》のように言《い》った。

もうずいぶん奥《おく》まで来《き》た気《き》がする。このスクールの半分《はんぶん》は倉庫《そうこ》なんじゃないか？

礼司《れいじ》は、改《あらた》めてこの塾《じゅく》の規格外《きかくがい》っぷりに感心《かんしん》してしまった。

個別倉庫《こべつそうこ》エリアは、複雑《ふくざつ》な構造《こうぞう》になっていた。

礼司《れいじ》たちのパーティーは、迷宮《めいきゅう》に下《した》の階層《かいそう》から足《あし》を踏《ふ》み入《い》れた。

そこら中《じゅう》が扉《とびら》だらけで、部屋番号《へやばんごう》も順番通《じゅんばんどお》りに並《なら》んでいない。

講師《こうし》が増《ふ》えるたびに、おのおのがとなりや上下階《じょうげかい》の空《あ》き部屋《べや》に拡張《かくちょう》したり、部屋《へや》どうしを結《むす》ぶ近道《ちかみち》をつくったり、やりたい放題《ほうだい》、無計画《むけいかく》に部屋《へや》の増改築《ぞうかいちく》を繰《く》り返《かえ》した結果《けっか》、エリア全体《ぜんたい》が迷路《めいろ》のようになってしまったのだ。

「天井《てんじょう》にも扉《とびら》がありますよ」

礼司《れいじ》はあきれて、上《うえ》を指差《ゆびさ》した。

「あれは下《した》の階《かい》からしか入《はい》れない部屋《へや》ですね。何《なに》が入《はい》っているのか、どうやって入《はい》るのか知《し》りませんが」

武井《たけい》は一応《いちおう》、倉庫《そうこ》の案内図《あんないず》らしきものを持《も》っているが、そもそも自分《じぶん》たちが、いまどこにいるのかさえ、すぐに見失《みうしな》ってしまう。

「大丈夫《だいじょうぶ》ですか？」

ユトリは、いつまでたっても目的《もくてき》の部屋《へや》にたどり着《つ》かないので、不安《ふあん》になってきたようだ。

「もちろんです、大丈夫《だいじょうぶ》ですよ。大船《おおぶね》に乗《の》ったつもりでいてくださいね」

それでも武井《たけい》は、まだ笑顔《えがお》で胸《むね》を張《は》った。

そして時折《ときおり》ぶつぶつ言《い》いながら、右《みぎ》へ行《い》ったり、左《ひだり》へ行《い》ったり、上《あ》がったり、下《さ》がったりしていたかと思《おも》うと、いきなり歩《あゆ》みを止《と》めた。

「迷《まよ》いました〜。すみません、わたし、ただのドロ舟《ぶね》でした〜」

武井《たけい》は不意《ふい》に音《ね》を上《あ》げた。

「少《すこ》し休憩《きゅうけい》しましょう」

礼司《れいじ》も一息《ひといき》つきたかった。

床《ゆか》に腰《こし》をおろし、なんとなく正面《しょうめん》の扉《とびら》に視線《しせん》を移《うつ》すと、そこには『97番倉庫《ばんそうこ》　管理《かんり》者《しゃ》　南無《なむ》バカボンド』のプレートがはめられていることに気《き》がついた。

「あれ、ここって南無《なむ》先生《せんせい》の倉庫《そうこ》じゃないか」

礼司《れいじ》はその部屋《へや》を指差《ゆびさ》した。

「えっ？」

その扉《とびら》にもたれてすわっていたユトリが、体《からだ》の向《む》きをずらし、プレートを見上《みあ》げた。

「ほんとだ！」

ユトリは勢《いきお》いよく立《た》ち上《あ》がった。

「南無先生《なむせんせい》は、いったい何《なに》を保管《ほかん》しているんですかね？」

壁《かべ》に寄《よ》りかかっていた武井《たけい》がつぶやいた。

「そりゃあ、マジックアイテムに決《き》まってますよ」

ユトリは、らんらんと目《め》を輝《かがや》かせている。

「そうか！　南無先生《なむせんせい》の倉庫《そうこ》なら、とんでもないお宝《たから》が入《はい》ってるのかもしれないな」

櫂《かい》も興奮《こうふん》して立《た》ち上《あ》がった。南無《なむ》の倉庫《そうこ》に彼《かれ》も興味《きょうみ》を引《ひ》かれたようだ。

「これは確認《かくにん》せねば」

「ダメですよ。だいたいカギがかかってます」

武井《たけい》は、悪《わる》い顔《かお》をしているユトリをたしなめた。

倉庫《そうこ》には暗証番号《あんしょうばんごう》で開《あ》くキーが設置《せっち》されている。暗証番号《あんしょうばんごう》は管理者自身《かんりしゃじしん》が設定《せってい》する仕組《しく》みになっているので、実際《じっさい》のカギを用意《ようい》する必要《ひつよう》はない。

「じゃあ、7・6・7・6と」

ユトリは、武井《たけい》の注意《ちゅうい》を完全《かんぜん》に無視《むし》して、番号《ばんごう》を口《くち》に出《だ》しながら、ドアノブの下《した》についているテンキーを順番《じゅんばん》に押《お》していった。

ナムナムか。さすがの南無先生《なむせんせい》もそこまで単純《たんじゅん》じゃないだろ。

ピー――、ガチャ！

「やった！」

ユトリは、満面《まんめん》の笑《え》みでこちらの顔《かお》を見《み》ると、親指《おやゆび》を立《た》てた。

うそだろ、開《あ》いたよ。

さすがに武井《たけい》も、南無《なむ》のセキュリティ意識《いしき》の低《ひく》さにおどろいて、開《あ》いた口《くち》がそのままになっている。

ユトリが、カギの開《あ》いた扉《とびら》のノブに手《て》をのばした瞬間《しゅんかん》、その足元《あしもと》に何《なに》かが滑《すべ》り込《こ》んできた。

シャ――――ッ！

ダーちゃんだ。

白《しろ》と黒《くろ》の、まるでパンダのような柄《がら》をした、スクールのマスコット的《てき》なネコである。

そのダーちゃんが、ユトリを扉《とびら》に近《ちか》づけまいと威嚇《いかく》している。

「ダーちゃんに部屋《へや》を守《まも》らせているなんて、ますます怪《あや》しい。きっとすごいお宝《たから》があるんだよ！」

ユトリはかえって火《ひ》がついたようだ。

「權《かい》くん、ダーちゃんをなんとかできる？」

「よしきた！」

權《かい》は、ユトリにそう答《こた》え終《お》わるまでに、怖《こわ》い顔《かお》でネコパンチを繰《く》り出《だ》しているダーちゃんを、やさしく抱《だ》きかかえていた。

ダーちゃんも、自分《じぶん》に何《なに》が起《お》きたのかわからず、權《かい》の腕《うで》の中《なか》で固《かた》まってしまっているようだ。

まったく、ネコよりすばやいなんて、さすが權《かい》である。

「さあて、どんなお宝《たから》が出《で》てくるの～？」

ユトリの顔《かお》は期待《きたい》で紅潮《こうちょう》している。

そして震《ふる》える手《て》で、宝《たから》の部屋《へや》の扉《とびら》のノブをひねった。

「!?」

『カップラーメン味噌味大盛り《みそあじおおも》』

その文字《もじ》で、ユトリの視界《しかい》はいっぱいになった。

部屋《へや》の中《なか》にあったのは、カップ麺《めん》のつまった段《だん》ボール箱《ばこ》だった。それが、人《ひと》が入《はい》る隙間《すきま》がないほどに並《なら》べられ、積《つ》み上《あ》げられている。

「見《み》なかったことにしよう」

ユトリは、そっと扉《とびら》を閉《と》じた。

「あの人《ひと》って、本当《ほんとう》に魔法使《まほうつか》いなんですかねっ?」

ユトリは、吐《は》き捨《す》てるように言《い》った。

最初《さいしょ》から、変《へん》な物《もの》をいろいろ持《も》っている、ただの不思議《ふしぎ》おじさんだよ。

「あのカップ麺《めん》、結構《けっこう》おいしいですよ」

武井《たけい》は、ユトリを元気《げんき》づけるつもりだったのだろうが、かなり的外《まとはず》れなことを言《い》った。

「そうだとしても、どれだけ買《か》い置《お》きしてんだって話《はなし》ですよ!」

ユトリの、情《なさ》けなさそうな表情《ひょうじょう》を見《み》ていたら、礼司《れいじ》は吹《ふ》き出《だ》しそうになるのをなんとか抑《おさ》えるのに苦労《くろう》する羽目《はめ》になった。

その6 回《まわ》る遭難者《そうなんしゃ》

「そろそろ出《で》かけたいところですが、闇雲《やみくも》に移動《いどう》しても迷《まよ》うだけですよね」

礼司《れいじ》は意見《いけん》を求《もと》めるように、それぞれの顔《かお》を見《み》まわした。

「こんな時《とき》こそ、ネコの手《て》を借《か》りましょう」

武井《たけい》が、最初《さいしょ》に手《て》を挙《あ》げた。

「その手《て》があった！」

ユトリにもその意味《いみ》がわかったようで、ぽんと手《て》を打《う》った。

「あなたはここへ、案内《あんない》してくれるよね？」

武井《たけい》は、いつもの調子《ちょうし》を取《と》り戻《もど》し、足元《あしもと》でスリスリしていたダーちゃんの頭《あたま》を、しやがみ込《こ》んでやさしくなでながら案内図《あんないず》を見《み》せ、目的地《もくてきち》を指《さ》し示《しめ》した。

するとダーちゃんが、にゃ〜と一度《いちど》だけ鳴《な》くと、通路《つうろ》を歩《ある》き出《だ》した。

「わかったみたいだよ」

ユトリが言《い》うと、武井《たけい》はうなずいて、ネコの後《あと》を追《お》った。

礼司《れいじ》たちのパーティーに、ダーちゃんが加《くわ》わったようだ。

櫂《かい》の頭《あたま》の上《うえ》には、さっきから「？」マークが漂《ただよ》っている。

普通《ふつう》に考《かんが》えたらバカバカしい行動《こうどう》に見《み》えるだろう。

何度《なんど》か助《たす》けられたことのある礼司《れいじ》でも、道案内《みちあんない》をネコに頼《たの》む気《き》にはならない。

とはいえダーちゃんは、おそらくスクール内《ない》のことをだれよりも熟知《じゅくち》している。

案内図《あんないず》を片手《かたて》に、ネコの後《あと》をついていくと、礼司《れいじ》はあることに気《き》がついた。

「あるべき通路《つうろ》が何本《なんぼん》もつぶされて、新《あたら》しい倉庫《そうこ》になっちゃってるみたいですよ。この案内図《あんないず》、ここでは、もう使《つか》い物《もの》にならないです」

「そうだったんですね」

先《さき》を歩《ある》いていた武井《たけい》が、礼司《れいじ》の方《ほう》へ振《ふ》り返《かえ》った。

「これじゃあ、武井《たけい》さんが迷《まよ》っても仕方《しかた》ないですよ」

礼司《れいじ》は、持《も》っていた案内図《あんないず》をひらひらさせた。

武井《たけい》の表情《ひょうじょう》が少《すこ》しやわらいだ。

「先《さき》に何《なに》かあるな」

櫂《かい》が言《い》うように、通路《つうろ》の先《さき》に何《なに》かが落《お》ちているのが見《み》える。

「いや、あれ、人《ひと》じゃないのか?」

近《ちか》づくにつれ、礼司《れいじ》にはそう見《み》えた。ただ、それはまったく動《うご》いてない。

「いやだ、死体《したい》かな?」

ユトリは顔《かお》を背《そむ》けた。

「すぐに確認《かくにん》しないと」

武井《たけい》が、険《けわ》しい表情《ひょうじょう》で駆《か》け出《だ》した。

どうやら男《おとこ》のようだ。背中《せなか》を丸《まる》めて倒《たお》れている。

眠《ねむ》っているのか、何《なに》かの理由《りゆう》で気《き》を失《うしな》ったのかわからないが、生《い》きてはいるようだ。

暗《くら》いグレーのつなぎを着《き》ている。

彼《かれ》の近《ちか》くには、例《れい》の当《あ》てにならない案内図《あんないず》が落《お》ちていた。

「迷《まよ》って出《で》られなくなった遭難者《そうなんしゃ》かもな」

櫂《かい》は言《い》った。

そうだとしたら、彼《かれ》はいつからここにいたんだろうか？

礼司《れいじ》たちは回《まわ》り込《こ》んで、その人《ひと》の顔《かお》をのぞき込《こ》んだ。

「武井《たけい》さん、この人《ひと》がだれだかわかりますか？」

「いえ、見覚《みおぼ》えがありません」

武井《たけい》は頭《かぶり》を振《ふ》った。

「武井《たけい》さんが知《し》らないとなると、かなり怪《あや》しい人物《じんぶつ》ですね」

スクールの入《い》り口《ぐち》で受付係《うけつけがかり》をしている武井《たけい》は、一度会《いちどあ》ったことがある人《ひと》の顔《かお》を絶対《ぜったい》に忘《わす》れない。スクールに関係《かんけい》する人間《にんげん》なら、九十九パーセント把握《はあく》している。

そんな彼女《かのじょ》に見覚《みおぼ》えのない人物《じんぶつ》だとすると、まともなルートで入《はい》ってきた人物《じんぶつ》ではない可能性《かのうせい》が高《たか》い。

「こんなところにいるなんて、お宝目当《たからめあ》てで忍《しの》び込《こ》んだ泥棒《どろぼう》じゃないの？」

ユトリはにらみつけた。

まわりでさわいでいたせいで、男《おとこ》の体《からだ》はもそもそと動《うご》き始《はじ》めた。

これはいまにも目《め》を覚《さ》ましそうだ。

「どうするの？」

ユトリは迷《まよ》っている。

「念《ねん》の為《ため》、逃《に》げられないように足《あし》だけでも縛《しば》っておこう」

櫂《かい》は、背負《せお》っていたリュックからビニールひもを取《と》り出《だ》すと、あっという間《ま》に男《おとこ》の足首《あしくび》をぐるぐる巻《ま》きにした。

準備《じゅんび》が整《ととの》うとユトリは、男《おとこ》の体《からだ》をつま先《さき》でつっついた。

「なんだよ、うるさいな～」

男《おとこ》は目《め》をこすりながら、丸《まる》めていた体《からだ》をのばした。

「あれ、なんだ。いったいこれ、どうなってる？」

男《おとこ》は、自分《じぶん》の足《あし》が縛《しば》られていることに気《き》づき、かなり戸惑《とまど》っている。

「あなた、ここでいったい何《なに》してるんですか？」

ユトリは、その男《おとこ》を上《うえ》から見下《みお》ろした。

「あれっ、そっちこそなんでこんなところにいるんだ？」

「この人《ひと》、ユトリのこと知《し》っているような口《くち》ぶりなんだが……」

礼司《れいじ》は、ユトリに耳打《みみう》ちした。

「こっちはまったく覚《おぼ》えないんだけど」

ユトリは眉《まゆ》をひそめた。

「あっすまん。寝《ね》ぼけて勘《かん》ちがいしたようだ」

そのやり取《と》りが聞《き》こえたようで、男《おとこ》はあわてて、自分《じぶん》の言葉《ことば》を訂正《ていせい》した。

「改《あらた》めて聞《き》きますけど、あなた、何者《なにもの》ですか？」

「ここの講師《こうし》だ。決《き》まっているじゃないか」

男《おとこ》は、語気《ごき》を強《つよ》めて言《い》い返《かえ》した。

しかしその答《こた》えで、ドツボにはまる。

ユトリはニヤッとした。

「じゃあ、先生《せんせい》のお名前《なまえ》は？　何教室《なにきょうしつ》で何《なに》を教《おし》えてる講師《こうし》なんですか？」

武井《たけい》が知《し》らない時点《じてん》で、男《おとこ》が講師《こうし》ではないことはすでにわかっている。

ユトリは、すべての証拠《しょうこ》を握《にぎ》っている刑事《けいじ》が、崖《がけ》の上《うえ》で犯人《はんにん》を問《と》い詰《つ》めるがごとく、男《おとこ》ににじり寄《よ》った。

「少《すこ》し先走《さきばし》ったかもしれないな。名前《なまえ》は黒部《くろべ》シローだ。実際《じっさい》の講師《こうし》になるのは来週《らいしゅう》からだ。なんの教室《きょうしつ》かは、その時《とき》まで秘密《ひみつ》なんだ」

名前《なまえ》が黒《くろ》と白《しろ》なんて、いかにもうそっぽい。

男《おとこ》は、苦《くる》しまぎれにうそを重《かさ》ねている。

「来週《らいしゅう》、新《あたら》しいクラスができる予定《よてい》は一つもありませんよ」

武井《たけい》がビシッと否定《ひてい》した。

「一部《いちぶ》の者《もの》しか知《し》らないスペシャルサプライズ企画《きかく》なんだ。これ以上《いじょう》言《い》わせないでくれ、いいかげん察《さっ》してくれよ！」

ついに男《おとこ》は逆《ぎゃく》ギレした。

「すみません。あなたが現《あらわ》れてサプライズすることは、さすがになさそうです」

ユトリは、冷《ひ》ややかな目《め》で男《おとこ》を見下《みお》ろした。

「後《あと》で絶対《ぜったい》に吠《ほ》え面《づら》かかせてやるからな！」

男《おとこ》はそう叫《さけ》ぶと、縛《しば》られた足《あし》で器用《きよう》に立《た》ち上《あ》がった。そして、両足《りょうあし》をそろえたまま、すごい勢《いきお》いでバク転《てん》を繰《く》り返《かえ》し、通路《つうろ》をくるくる回《まわ》りながら逃《に》げ出《だ》した。

予想外《よそうがい》の展開《てんかい》に、しばし礼司《れいじ》たちは思考停止《しこうていし》してしまった。

「あっ、やつを追《お》わねば」

我《われ》に返《かえ》った櫂《かい》が、バク転逃走男《てんとうそうおとこ》を追《お》おうとするのを、ユトリが引《ひ》き止《と》めた。

「これ、これ」

ユトリが指差《ゆびさ》すその先《さき》を見《み》ると、バク転逃走男《てんとうそうおとこ》が遠《とお》ざかっていくのにつれて、ビニールひもの束《たば》がほどけてみるみる小《ちい》さくなっていく。

男《おとこ》を縛《しば》りつけた時《とき》、櫂《かい》はひもを切《き》っていなかったのだ。

櫂《かい》と礼司《れいじ》とユトリの三人《にん》は、バク転逃走男《てんとうそうおとこ》の足《あし》につながっているビニールひもを、せーので同時《どうじ》に踏《ふ》みつけた。

三人《にん》の体重《たいじゅう》でそれ以上《いじょう》のびなくなったビニールひもが、ピンと張《は》って、バク転逃走《てんとうそう》男《おとこ》の足《あし》をすくった。そして男《おとこ》は、ビッターンと床《ゆか》に倒《たお》れて動《うご》かなくなった。

それから三人《にん》はビニールひもを巻《ま》き上《あ》げると、バク転逃走男《てんとうそうおとこ》は床《ゆか》を引《ひ》きずられて戻《もど》ってきた。

「おかえり」

ユトリは言《い》った。

「うるせえ」

男《おとこ》はふてくされた。

そんな男《おとこ》の様子《ようす》を見《み》て、礼司《れいじ》にはその正体《しょうたい》がわかった気《き》がした。

「ベロベロ先生《せんせい》ですよね？」

「き、きみは何《なに》か勘《かん》ちがいしているぞ」

男《おとこ》はしらばっくれたが、武井《たけい》が顔《かお》を知《し》らなかったことといい、ユトリの顔《かお》を一方的《いっぽうてき》に知《し》っていることといい、何《なに》より、たったいま見《み》せた、あの人並外《ひとなみはず》れた身体能力《しんたいのうりょく》。

この人《ひと》はベロベロの中《なか》の人《ひと》にまちがいない。

「声《こえ》がちがわない？」

ユトリが、礼司《れいじ》にこそっと耳打《みみう》ちした。

「ベロベロの変《へん》なしゃべり方《かた》で、ごまかされてるだけだよ。ためしにベロベロブルースでも歌《うた》ってもらえば、すぐにわかると思《おも》うよ」

ユトリたちは、いっせいにその男《おとこ》の顔《かお》を見《み》た。

「いや、なんだが知《し》らないが歌《うた》わないからな」

「ちっ」

非協力的《ひきょうりょくてき》な男《おとこ》にユトリは舌打《したう》ちした。

「わたしが持《も》ってる、幽霊《ゆうれい》サーカスのチケットについていたとかいうオマケカード。あなたがベロベロなら譲《ゆず》ってあげてもいいかなって思《おも》うんだけど、ちがうっていうならいらないか〜。ここで表面《ひょうめん》の保護《ほご》シートをはがしちゃおっかなあ〜」

「うっ……」

男《おとこ》は、なんとか言葉《ことば》を飲《の》み込《こ》んだ。

「この特殊《とくしゅ》なライトで照《て》らすと、絵《え》がカードから飛《と》び出《だ》すんだって」

ユトリは、例《れい》のゴーストブラックライトを、これみよがしに男《おとこ》の目《め》の前《まえ》にぶら下《さ》げた。

「実《じつ》はこのライトをもらってから、ためしてみたくてしょうがなかったんだよね」

そう言《い》うとユトリは、保護《ほご》シートをはがそうと、カードの端《はし》をいじり始《はじ》めた。

ポーズではない、かなり本気《ほんき》だ。ユトリはそういうやつだ。

「もういい、やめろ。そのカードから手《て》を離《はな》せ！」

そんなユトリのヤバさに気《き》づいて、男《おとこ》は叫《さけ》んだ。

「ということは？」

ユトリは、男《おとこ》の顔《かお》をのぞき込《こ》んだ。

「おまえらの言《い》う通《とお》り、ベロがベロベロだベロ〜！」

男《おとこ》は開《ひら》き直《なお》って、大々的《だいだいてき》に白状《はくじょう》した。

そして、足《あし》を縛《しば》っていたビニールひもを自《みずか》ら解《と》くと、あわててマスクをして、メガネをかけ、どこからか取《と》り出《だ》したチューリップハットを目深《まぶか》にかぶった。

「いまさら顔《かお》を隠《かく》さなくても、良《よ》くないですか？」

礼司《れいじ》は不思議《ふしぎ》に思《おも》った。もう全員《ぜんいん》がさんざん素顔《すがお》を見《み》てしまっている。

「職業病《しょくぎょうびょう》かな。人前《ひとまえ》で顔《かお》をさらすのは緊張《きんちょう》するんだ」

確《たし》かに、そういうことはあるのかもしれない。

「はい、これどうぞ」

ユトリは約束通《やくそくどお》り、カードをベロベロこと黒部《くろべ》にわたした。

「いいのか？」

「もちろん」

ユトリはうなずいた。

「実《じつ》はいい子《こ》だったんだな。よし、ベロにできることならなんだって言《い》ってくれ」

いつの間《ま》にか口調《くちょう》もベロベロに戻《もど》っている。

「まず、聞《き》きたいんですが、黒部《くろべ》シローって本名《ほんみょう》ですか？」

「ああ、本名《ほんみょう》だよ。そっちの追及《ついきゅう》が厳《きび》しくて、つい言《い》っちまったんだからないしょだぜ」

黒部《くろべ》シローは念《ねん》を押《お》した。

「ところで、先生《せんせい》はなんでこんなところで寝《ね》ていたんですか？」

ユトリは聞《き》いた。

「話《はな》せば長《なが》くなるんだが、聞《き》く気《き》ある？」

「おもしろい話《はなし》なら」

「そこはつまんなくても聞《き》こうか」

礼司《れいじ》の一言《ひとこと》で黒部《くろべ》は苦笑《にがわら》いした。

「三か月《げつ》ほど前《まえ》のイベントの打《う》ち上《あ》げで、同業者《どうぎょうしゃ》の着《き》ぐるみ仲間《なかま》が集《あつ》まって、飲《の》み会《かい》をすることになったんた。その中《なか》に『ブルーココナッツ』のマスコットキャラクターのココナさんがいたんだが、そいつが元幽霊《もとゆうれい》サーカスの団員《だんいん》だったたんだ」

「ココナさんの中《なか》の人《ひと》は、いったいだれだったたんですか？」

幽霊《ゆうれい》サーカスフリークの武井《たけい》は、興味津々《きょうみしんしん》である。

「あのサーカス団《だん》の中《なか》でもダントツに怖《こわ》いピエロ、赤目《あかめ》のボブだよ」

黒部《くろべ》は、あえて声《こえ》のトーンを下《さ》げた。

「ボブは、まさにトラウマ級《きゅう》です。わたし、マジで何度《なんど》も泣《な》かされましたって。それがいまは、あのほわっとした癒《いや》しキャラのココナさんですか。すごいギャップですね〜！」

「なになに、おたく幽霊《ゆうれい》サーカス語《かた》れる人《ひと》？」

黒部《くろべ》はうれしそうに、武井《たけい》にきいた。

「はい。ドンピシャ世代《せだい》なもので、多少《たしょう》はたしなんでおります」

黒部《くろべ》と武井《たけい》はガッチリ握手《あくしゅ》した。

そして二人《ふたり》は幽霊《ゆうれい》サーカスのお気《き》に入《い》りの芸《げい》や、推《お》し団員《だんいん》、自分《じぶん》が鑑賞《かんしょう》した公演《こうえん》について、興奮《こうふん》して語《かた》りだした。黒部《くろべ》のマスクはすっかりずり下《さ》がって、また顔《かお》が丸出《まるだ》しだ。

「あっ、ええと、そのボブさんがどうしたんですか？」

このまま放《ほう》っておくと、二人《ふたり》のオタトークはいつまでも終《お》わりそうにない。礼司《れいじ》は、仕方《しかた》なく二人《ふたり》の会話《かいわ》に割《わ》り込《こ》んで、話《はなし》を戻《もど》した。

「あっ、ごめんごめん。そうそう、ボブさんと話《はな》しているうちに、かなりコアなファンだと認《みと》めてくれて、当時《とうじ》の話《はなし》をいろいろと聞《き》かせてくれたんだ」

黒部《くろべ》は、団員《だんいん》たちを空中《くうちゅう》に浮《う》かせている仕組《しく》みについて興味《きょうみ》があった。しかしそれについてはボブも確《たし》かなことを知《し》らず、新素材《しんそざい》の頑丈《がんじょう》な糸《いと》を使《つか》っていたとしか、答《こた》えは得《え》られなかった。

しかし十年《ねん》たっても、そんなにすばらしい新素材《しんそざい》の糸《いと》が出《で》まわっている様子《ようす》はない。だったら当時《とうじ》のものが残《のこ》っていないか、黒部《くろべ》はボブにたずねてみると、ここの倉庫《そうこ》に幽霊《ゆうれい》サーカスの当時《とうじ》の備品《びひん》が、保管《ほかん》されているらしいということを教《おし》えてくれた。

ちょうどそのタイミングで、いっちょかみスクールからスペシャル講師《こうし》のオファーが入《はい》り、これ幸《さいわ》いと、依頼《いらい》を受《う》けることにしたというのだ。

「今日《きょう》は様子見《ようすみ》だけのつもりだったんだけど、迷《まよ》ってしまって、ちょっと休憩《きゅうけい》のつもりで腰《こし》をおろしたら、日《ひ》ごろの睡眠不足《すいみんぶそく》がたたり、通路《つうろ》の真《ま》ん中《なか》で眠《ねむ》りこけてしまったってわけだ」

黒部《くろべ》は肩《かた》をすくめた。

どうやら黒部《くろべ》の目的《もくてき》も、礼司《れいじ》たちと同《おな》じだったようだ。

「じゃあ、ごいっしょにいかがですか？　実《じつ》は、ちょうどぼくらも、幽霊《ゆうれい》サーカスの残《のこ》された備品《びひん》の見物《けんぶつ》に行《い》くところだったんです」

「実《じっ》は出口《でぐち》すらわからなくなって、君《きみ》らに教《おし》えてもらうつもりだったんだ。当初《とうしょ》の目《もく》的《てき》が果《は》たせるなら、これこそまさに天《てん》の助《たす》けだよ」

黒部《くろべ》は、深《ふか》く頭《あたま》を下《さ》げた。

こうして、礼司《れいじ》たちのパーティーにベロベロも加《くわ》わった。

「最後《さいご》に一つだけ」

いままでの口《くち》ぶりからすると、そうではなさそうではあるが、礼司《れいじ》は聞《き》いてみることにした。

「ベロベロ先生《せんせい》、あなたは、白骨団長《はっこつだんちょう》の中《なか》に入《はい》っていた人《ひと》ですか？」

「もちろんちがうよ。白骨団長《はっこつだんちょう》のパフォーマンスを目《ま》の当《あ》たりにした人《ひと》なら、団長《だんちょう》のすごさはこんなもんじゃないってすぐにわかるよ。それでも、彼《かれ》を目指《めざ》している者《もの》からすると、そう思《おも》われたならすごくうれしいよ」

この人《ひと》は、ちやほやされていてもおごらず、真面目《まじめ》で、努力家《どりょくか》で、ちゃんとしたいい人《ひと》なんだな。

礼司《れいじ》は、彼《かれ》のことがとても好《す》きになった。

その7　幽霊《ゆうれい》たちが眠《ねむ》る部屋《へや》

ダーちゃんが、ある部屋《へや》の前《まえ》で歩《あゆ》みを止《と》めた。

そしてこちらへ振《ふ》り返《かえ》ると、にゃ〜〜と少《すこ》し長《なが》めに鳴《な》いた。

どうやら、目的地《もくてきち》に到着《とうちゃく》したようだ。

礼司《れいじ》たちが、その部屋《へや》の前《まえ》に駆《か》け寄《よ》ると、『13番倉庫《ばんそうこ》　管理者《かんりしゃ》　土門行夫《どもんゆきお》』のプレートが扉《とびら》にはまっていた。

ここも南無《なむ》の倉庫《そうこ》と同《おな》じ、暗証番号《あんしょうばんごう》で開《あ》く扉《とびら》である。

「それじゃあ、1・1・1・1からためしていこうか？」

ユトリは腕《うで》まくりをした。

「そんな必要《ひつよう》はない。番号《ばんごう》ならぼくが、ちゃんと土門先生《どもんせんせい》から預《あず》かってるよ」

礼司《れいじ》はポケットからメモを取《と》り出《だ》し、ユトリに手《て》わたした。

「9・7・2・3か。これ、最初《さいしょ》からやってたら大変《たいへん》だったね」

ユトリがすばやく入力《にゅうりょく》すると、扉《とびら》は問題《もんだい》なく解錠《かいじょう》された。

当然《とうぜん》、部屋《へや》の中《なか》は真《ま》っ暗《くら》だ。

すぐに電気《でんき》を点《つ》けようとした武井《たけい》に、礼司《れいじ》は待《ま》ったをかけた。

礼司《れいじ》は全員《ぜんいん》を十三番倉庫内《ばんそうこない》に入《はい》らせ、いったん扉《とびら》を閉《し》めた。

土門《どもん》から、そうするようにと言《こと》づてがあったのだ。

「みんなが持《も》ってる、ゴーストブラックライトを、ぼくの、せーので点灯《てんとう》してください」

真《ま》っ暗《くら》になった部屋《へや》の中《なか》で、礼司《れいじ》の声《こえ》が響《ひび》いた。

「準備《じゅんび》いいですか？」

「いいよ！」

ユトリの声《こえ》がする。

「わたしも準備《じゅんび》できました」

武井《たけい》は意外《いがい》と近《ちか》い。

「ちゃんと手《て》に持《も》ったぞ」

櫂《かい》からも返事《へんじ》があった。

「ベロも自前《じまえ》のがある」

思《おも》いがけず、黒部《くろべ》からも返事《へんじ》が来《き》た。

「よし、じゃあ、せ〜の！」

みんながいっせいにライトの電源《でんげん》ボタンを押《お》した。すると、真《ま》っ暗闇《くらやみ》の中《なか》に、不気味《ぶきみ》な色《いろ》に輝《かがや》く幽霊《ゆうれい》の大群《たいぐん》が浮《う》かび上《あ》がった。まるでこちらに向《む》かって迫《せま》ってくるようだ。

「きれい、きれい」

暗闇《くらやみ》の中《なか》でも、ユトリが飛《と》び跳《は》ねているのがわかる。

「素敵《すてき》ですね」

武井《たけい》はうっとりしている。

幽霊《ゆうれい》たちの後《うし》ろには、骸骨《がいこつ》のゾウやトラなど猛獣《もうじゅう》たちの衣装《いしょう》。

そして極《きわ》めつきは、部屋《へや》に覆《おお》いかぶさるように配置《はいち》されている、巨大《きょだい》な悪魔《あくま》の操《あやつ》り

人形《にんぎょう》だ。

さまざまな蛍光物質《けいこうぶっしつ》を使《つか》ってデザインされたその悪魔《あくま》の人形《にんぎょう》は、角度《かくど》によって、まったくちがった表情《ひょうじょう》を見《み》せる。礼司《れいじ》はこの中《なか》でもいちばんの感動《かんどう》を覚《おぼ》えた。

みんながその暗闇《くらやみ》を堪能《たんのう》したのを確認《かくにん》してから、礼司《れいじ》は部屋《へや》の電気《でんき》を点《つ》けた。

「まぶしっ」

ユトリは、目《め》をしばしばさせている。

一転《いってん》、明《あか》るくなった部屋《へや》で、みんな目《め》をうすく閉《と》じ気味《ぎみ》にしている。

「あらかじめ計算《けいさん》して並《なら》べてあったんだな。粋《いき》なことするねえ。だれがやったんだ?」

黒部《くろべ》が感心《かんしん》して礼司《れいじ》にたずねた。

「土門先生《どもんせんせい》だと思《おも》います」

自分《じぶん》は指示《しじ》に従《したが》っただけだ。

「なんで、これで光《ひか》るんだ?」

「こいつは紫外線《しがいせん》ライトなんだ。紫外線《しがいせん》が当《あ》たると光《ひか》る物質《ぶっしつ》っていうのがいくつかあって、幽霊《ゆうれい》サーカスは、大道具《おおどうぐ》も小道具《こどうぐ》もそれらの物《もの》を上手《じょうず》に使《つか》って光《ひか》るようにつく

郵便はがき

料金受取人払郵便

麹町局承認

3417

差出有効期間
2027年5月
31日まで

（切手をはらずに
ご投函ください）

102-8790

206

（受取人）
東京都千代田区九段北
一—十五—十五
瑞鳥ビル五階

静山社 行

住所	〒 都道府県			
フリガナ		年齢	歳	
氏名		性別	男	女
TEL	（　　　）			
E-Mail				

静山社ウェブサイト　www.sayzansha.com

愛読者カード

ご購読ありがとうございました。今後の参考とさせていただきますので、ご協力をお願いいたします。また、新刊案内等をお送りさせていただくことがあります。

【1】本のタイトルをお書きください。

【2】この本を何でお知りになりましたか。
1.新聞広告(　　　　　　　　　　新聞)　2.書店で実物を見て
3.図書館・図書室で　4.人にすすめられて　5.インターネット
6.その他(　　　　　　　　　　　　　　)

【3】お買い求めになった理由をお聞かせください。
1.タイトルにひかれて　2.テーマやジャンルに興味があるので
3.作家・画家のファン　4.カバーデザインが良かったから
5.その他(　　　　　　　　　　　　　　)

【4】毎号読んでいる新聞・雑誌を教えてください。

【5】最近読んで面白かった本や、これから読んでみたい作家、テーマをお書きください。

【6】本書についてのご意見、ご感想をお聞かせください。

●ご記入のご感想を、広告等、本のPRに使わせていただいてもよろしいですか。
下の□に✓をご記入ください。　□ 実名で可　□ 匿名で可　□ 不可

ご協力ありがとうございました。

ってあるんだ」

櫂《かい》の疑問《ぎもん》には、黒部《くろべ》が答《こた》えてくれた。

ユトリは、倉庫《そうこ》の奥《おく》にもぐり込《こ》み、さっそくお宝探《たからさが》しを始《はじ》めているようだ。

武井《たけい》は、衣装《いしょう》の間《あいだ》を行《い》ったり来《き》たりしながら、奇声《きせい》を上《あ》げたり、ため息《いき》をついたり、忙《いそが》しくしている。

黒部《くろべ》は、やはり白骨団長《はっこつだんちょう》の着《き》ぐるみと対峙《たいじ》していた。

「明《あか》るいところで見《み》るとイカつい感《かん》じなんだけど、暗《くら》いところだと見《み》えてなかった模《も》様《よう》が現《あらわ》れて、かわいかったり、ユーモラスに見《み》えたりするんだよな」

しかし黒部《くろべ》は、白骨団長《はっこつだんちょう》の着《き》ぐるみを触《さわ》るわけでもなく、ただ眺《なが》めているだけだ。

「突然《とつぜん》、空中《くうちゅう》で爆発《ばくはつ》してバラバラになったりするんだぜ。しかも大音響《だいおんきょう》。そんなの口《くち》から心臓出《しんぞうで》るって。骸骨《がいこつ》なのに血《ち》の雨降《あめふ》らせるし、まあ、紙吹雪《かみふぶき》だけど……」

それでも、終始《しゅうし》ぶつぶつ言《い》っている。

一方《いっぽう》、櫂《かい》は積極的《せっきょくてき》だ。

「着《き》ぐるみって、どんな仕組《しく》みになっているんだ」

櫂《かい》は白骨団長《はっこつだんちょう》の背中《せなか》のチャックを引《ひ》き下《さ》げると、頭《あたま》を中《なか》に突《つ》っ込《こ》んでみた。

「どう？」

礼司《れいじ》が櫂《かい》にたずねた。

「特《とく》にめずらしい仕組《しく》みはなさそうだが、外部《がいぶ》とのやり取《と》りをするための無線《むせん》マイクとスピーカーがあるくらいかな」

やはり古《ふる》いものなので、せいぜいその程度《ていど》なのかもしれない。

櫂《かい》が自分《じぶん》の頭《あたま》を、白骨団長《はっこつだんちょう》の着《き》ぐるみから引《ひ》き抜《ぬ》こうとすると、何《なに》かがひっかかったようだった。

「悪《わる》い津島《つしま》。頭《あたま》の後《うし》ろに何《なに》かくっついて離《はな》れないんだ。手《て》を突《つ》っ込《こ》んで取《と》ってくれないか？」

礼司《れいじ》が櫂《かい》の背中《せなか》から手《て》を入《い》れると、何《なに》かがべたつく感触《かんしょく》があった。礼司《れいじ》はそれを、手探《てさぐ》りで櫂《かい》の頭《あたま》から引《ひ》き離《はな》した。

「これ、なんですかね？」

何《なに》か読《よ》めない文字《もじ》が書《か》いてある紙《かみ》のようだ。

「御札《おふだ》に見《み》えるな」

黒部《くろべ》は言《い》った。

「危険《きけん》な仕事《しごと》だから、その手《て》の神頼《かみだの》みが貼《は》ってあったのかもしれませんね。戻《もど》しておいたほうがいいですかね？」

礼司《れいじ》は言《い》った。

「迷信《めいしん》、迷信《めいしん》」

やっと着《き》ぐるみから抜《ぬ》け出《だ》せた櫂《かい》は、礼司《れいじ》から御札《おふだ》を奪《うば》い取《と》ると、クシャクシャッと丸《まる》めて、床《ゆか》に投《な》げ捨《す》てた。

まったくそういうものを信《しん》じてないようだ。

紙《かみ》くずになった御札《おふだ》のにおいをダーちゃんが嗅《か》いでいる。そのままダーちゃんは、その紙《かみ》くずをパクッとくわえてどこかへ姿《すがた》を消《け》してしまった。

「もお、櫂《かい》くん。ダーちゃんにおかしな物《もの》を食《た》べさせてはいけませんよ」

武井《たけい》は、紙《かみ》くずを取《と》り上《あ》げようと手《て》をのばしたが、ダーちゃんにするりとかわされてしまったので、櫂《かい》に八《や》つ当《あ》たりした。

「あっ、なんかすみません」

櫂《かい》はペコペコ頭《あたま》を下《さ》げた。

「さっきから何《なに》か聞《き》こえないか？」

黒部《くろべ》は目《め》をつぶって、辺《あた》りをうかがっている。

「ほら、何《なに》か人《ひと》がしゃべっているみたいな音《おと》がするだろ」

礼司《れいじ》も黒部《くろべ》にならい、耳《みみ》をすませた。

「ほんと、聞《き》こえますね！」

布団《ふとん》の下《した》から聞《き》こえてくるような、くぐもった音《おと》だ。

礼司《れいじ》は音《おと》の出《で》どころをさぐる。

「どうやら、ここみたいですよ」

礼司《れいじ》が白骨団長《はっこつだんちょう》の着《き》ぐるみに耳《みみ》をつけると、音《おと》が少《すこ》し鮮明《せんめい》になった。

そして背中《せなか》のチャックを開《あ》けると、音《おと》の出元《でもと》は頭部分《あたまぶぶん》の中《なか》にあるスピーカーだとわかった。

「えーあーもしもし。だれもいないんですか？　もしも〜し、おかしいですね……」

だれかがスピーカーの向《む》こうで文句《もんく》を言《い》っているようだ。

「あーーと、もしもし」

黒部《くろべ》はおすまし声《ごえ》で、白骨団長《はっこつだんちょう》のマイクに向《む》かって返事《へんじ》をしてみた。

「困《こま》ります。いらっしゃるならちゃんと答《こた》えていただかないと」

「申《もう》し訳《わけ》ありません」

黒部《くろべ》は叱《しか》られて、着《き》ぐるみに向《む》かって頭《あたま》を下《さ》げた。

「このままでは何《なに》も見《み》えません。申《もう》し訳《わけ》ありませんが顔《かお》をそちらに向《む》けてくれませんか」

言《い》われるがまま、白骨団長《はっこつだんちょう》の着《き》ぐるみの顔《かお》を上《あ》げ、みんなの前《まえ》にちゃんとすわらせた。

「それで、あなたたちはどなたですか?」

藪《やぶ》から棒《ぼう》にその声《こえ》が質問《しつもん》した。

「しがない着《き》ぐるみ芸人《げいにん》です」

まず黒部《くろべ》が、やけに低姿勢《ていしせい》に自己紹介《じこしょうかい》をした。

「なるほど」

「しがない小学生《しょうがくせい》です」

礼司《れいじ》は黒部《くろべ》の調子《ちょうし》を真似《まね》て、白骨団長《はっこつだんちょう》の着《き》ぐるみに向《む》かって手《て》を振《ふ》ると、櫂《かい》もそこに横《よこ》から加《くわ》わった。

「二人《ふたり》とも小学生《しょうがくせい》ですか？　右《みぎ》の彼《かれ》は高校生《こうこうせい》くらいでは」

「発育《はついく》がいいって、よく言《い》われます」

櫂《かい》は照《て》れて頭《あたま》をかいた。

「わたしは、しがない魔法使《まほうつか》いの……」

「はい、はい。それで、いちばん後《うし》ろにいらっしゃるお嬢《じょう》さんはどなたですか？」

声《こえ》の主《ぬし》は、ユトリをほぼスルーして武井《たけい》に声《こえ》をかけた。

「当《とう》スクールで受付係《うけつけがかり》をしております、武井麻里奈《たけいまりな》と申《もう》します」

武井《たけい》は、挨拶《あいさつ》する姿《すがた》もきれいだ。さすがである。

「なんだかおもしろくない」

ユトリは頬《ほお》を膨《ふく》らませた。

「いやいや、あなたはかわいいですよ。確《たし》かに魔法使《まほうつか》いの片鱗《へんりん》があるようですね」

「えっ、そうですか～」

ユトリは、まんまとおだてられて上機嫌《じょうきげん》になった。

「スクールというと、ここは学校《がっこう》なんですか？」

声《こえ》の主《ぬし》は話《はなし》を戻《もど》した。

「はい、そうです。もっと正確《せいかく》にお答《こた》えするならば私塾《しじゅく》です。公的機関《こうてききかん》の学校《がっこう》とは異《こと》なりますが、私的《してき》な学《まな》び舎《や》であります。ここはその倉庫《そうこ》の中《なか》ですね」

「倉庫《そうこ》の中《なか》ですか、なるほどね」

声《こえ》の主《ぬし》は、ある程度《ていど》は状況《じょうきょう》を把握《はあく》したようだ。

「失礼《しつれい》ですが、いったいあなたはだれなんですか？」

なんとなくうやむやに会話《かいわ》を続《つづ》けてきたが、意《い》を決《けっ》して礼司《れいじ》が切《き》り込《こ》んだ。

「だれって、見《み》ておわかりにならない？」

「見《み》て、ですか？」

礼司《れいじ》は首《くび》をひねった。

見《み》てと言《い》われても、声《こえ》しか聞《き》こえないじゃないか。

「きみは何《なに》を見《み》て話《はな》してますか？」

声《こえ》の主《ぬし》は重《かさ》ねてきいてきた。

「白骨団長《はっこつだんちょう》の着《き》ぐるみですけど」

「だったら、私《わたし》がだれか、答《こた》えは明快《めいかい》ですね」

ん？

「えっ、あなたが白骨団長《はっこつだんちょう》ってことですか！」

「そういうこと」

礼司《れいじ》がうろたえて黒部《くろべ》の方《ほう》を見《み》ると、彼《かれ》はそうだとうなずいている。確信《かくしん》はなかったようだが、武井《たけい》にもわかっていたようだ。

やけに黒部《くろべ》が、さっきから神妙《しんみょう》な顔《かお》をしているわけだ。

「中身《なかみ》はどこにいるんですか？」

ユトリは辺《あた》りを見《み》まわした。

「そこからじゃ、さすがに見《み》えませんよ」

白骨団長《はっこつだんちょう》は楽《たの》しそうに言《い》った。

おそらく、この白骨団長《はっこつだんちょう》の着《き》ぐるみは、オンライン通信《つうしん》か何《なに》かで、どこか遠《とお》くにいる本人《ほんにん》とつながっているんだろう。

だとしたら礼司《れいじ》には、言《い》っておきたいことがあった。

「幽霊《ゆうれい》サーカスを復活《ふっかつ》させようとがんばっている人《ひと》がいるんです。その計画《けいかく》にどうしても欠《か》かせない存在《そんざい》が団長《だんちょう》だと聞《き》きました。いま、どこにいらっしゃるのかわかりませんが、連絡先《れんらくさき》だけでも教《おし》えていただけないでしょうか？」

土門《どもん》から頼《たの》まれていたわけではないが、こんなチャンスを逃《のが》しては後悔《こうかい》すると思《おも》った。

「ちょっと待《ま》て。それは、だれの計画《けいかく》なんだ？」

不意《ふい》に黒部《くろべ》が話《はなし》に割《わ》って入《はい》った。

「サーカス団《だん》で電気技師《でんきぎし》をされていた土門先生《どもんせんせい》です。サーカス団《だん》の道具《どうぐ》をこうして保《ほ》管《かん》してくれていたのも土門先生《どもんせんせい》です。元団員《もとだんいん》たちにも声《こえ》をかけて、すでにこのスクールで何人《なんにん》も働《はたら》いていているんですよ」

「そんないい話《はなし》があるなら、おれにも参加《さんか》させてくれよ！」

黒部《くろべ》は叫《さけ》んだ。

「ベロ先生《せんせい》は関係《かんけい》ないでしょ」

礼司《れいじ》は肩《かた》をすくめた。

「ベロはすごく役《やく》に立《た》つから仲間《なかま》に入《い》れてくれベロ。エンタメ業界《ぎょうかい》にも顔《かお》がきくベロ。スポンサーも見《み》つけてくるベロ。そして幽霊《ゆうれい》サーカス復活祭《ふっかつさい》を必《かなら》ず盛《も》り上《あ》げてみせるベロ〜！」

なんだか声《こえ》が上《うわ》ずっている。黒部《くろべ》はかなり緊張《きんちょう》して、口調《くちょう》がベロベロになっている。

「武井《たけい》くん、このベロベロ言《い》ってる彼《かれ》は、本当《ほんとう》に大丈夫《だいじょうぶ》なんですか？」

白骨団長《はっこつだんちょう》は、黒部本人《くろべほんにん》にではなく、武井《たけい》にたずねた。

「この方《かた》は幽霊《ゆうれい》サーカスに対《たい》する情熱《じょうねつ》を人一倍《ひといちばい》持《も》っています。発信力《はっしんりょく》も申《もう》し分《ぶん》ありませんし、芸《げい》も確《たし》かです。そして何《なに》より、コレを集《あつ》める力《ちから》はかなりすぐれています」

武井《たけい》は、親指《おやゆび》と人差《ひとさ》し指《ゆび》を使《つか》い、胸元《むなもと》で円《えん》をつくった。

彼女《かのじょ》はあえて口《くち》に出《だ》さなかったが、黒部《くろべ》はお金儲《かねもう》けが上手《うま》い、ということだ。

「それは頼《たの》もしいですね。では、彼《かれ》も団員《だんいん》に加《くわ》えるとしましょう」

「ヨッシャ――ッ!!」

黒部《くろべ》はうれしさのあまり、両手《りょうて》の握《にぎ》りこぶしを天《てん》に突《つ》き上《あ》げた。

「ということは、団長《だんちょう》もこの計画《けいかく》に参加《さんか》していただけるんですか？」

「もちろん。そのつもりですよ」

拍子抜《ひょうしぬ》けするほど簡単《かんたん》に、白骨団長《はっこつだんちょう》から承諾《しょうだく》を得《え》ることができた。それもこれも、ベロベロの情熱《じょうねつ》と、いままで道具《どうぐ》を大切《たいせつ》に保管《ほかん》してきた土門《どもん》のおかげだろう。

そして、礼司《れいじ》たちのパーティーに白骨団長《はっこつだんちょう》が加《くわ》わった！

「一つ大事《だいじ》なことを告《つ》げなければなりません。見《み》ての通《とお》り、このままではただのしゃべる人形《にんぎょう》です。代《か》わりにこの中《なか》に入《はい》って、動《うご》かしてくれる者《もの》が必要《ひつよう》です」

「白骨団長《はっこつだんちょう》が、直接中《ちょくせつなか》に入《はい》ってくれるんじゃないんですか？」

なんだか礼司《れいじ》は、裏切《うらぎ》られた気分《きぶん》になった。

「お体《からだ》に問題《もんだい》でも？」

「有《あ》り体《てい》に言《い》えばそうです」

黒部《くろべ》の質問《しつもん》に、白骨団長《はっこつだんちょう》は答《こた》えた。

現役時代《げんえきじだい》は十年前《ねんまえ》だ。以前《いぜん》と同《おな》じようにいかなくても、仕方《しかた》ないのかもしれない。

「代《か》わりに中《なか》に入《はい》ると言《い》っても、難《むずか》しく考《かんが》えることはありません。文字通《もじどお》り一心同体《いっしんどうたい》。技《わざ》もすべてレクチャーいたします、タイミングもすべて教《おし》えます。自《みずか》ら技《わざ》ができるようになるならそれに越《こ》したことはありませんが、無理《むり》なら披露《ひろう》する技《わざ》ごとに、上手《うま》くやれる人《ひと》に変《か》わってもらえばいい」

白骨団長《はっこつだんちょう》は言《い》った。

「そんなの、ベロ先生以外《せんせいいがい》あり得《え》ないでしょ」

礼司《れいじ》は、言《い》うまでもないと思《おも》った。

あんな着《き》ぐるみのままで飛《と》んだり跳《は》ねたりできるベロベロ以外《いがい》、伝説《でんせつ》のサーカス団《だん》長《ちょう》の代《か》わりができる者《もの》がいるわけがない。

「すごくやりたい。やりたいんですけど……。せっかく幽霊《ゆうれい》サーカス団《だん》の仲間《なかま》と認《みと》めてもらったのに、ベロベロとしてステージに立《た》てないのは、それもつらい」

黒部《くろべ》は、自分《じぶん》の頭《あたま》をかきむしった。

「じゃあ、おれやります」

すると、燿《かい》が手《て》を挙《あ》げた。

「これって、空《そら》を飛《と》べるんですよね？」

「そうです」

団長《だんちょう》は答《こた》えた。

「うわあ、ちょー楽《たの》しみ！」

燿《かい》も、ちょーポジティブシンキングだ。

体《からだ》を使《つか》うことに関《かん》してなら、燿《かい》にはなんでもやれる自信《じしん》があるのだろう。

「大丈夫《だいじょうぶ》なのか？」

黒部《くろべ》は心配《しんぱい》そうな顔《かお》をした。

「おれには無理《むり》そうだったら、ベロ先生《せんせい》がやるってことでいいんじゃないですか？」

そう言《い》いながら、燿《かい》はそうなるとはまったく思《おも》っていないようだ。

「きみの名前《なまえ》は？」

「高宮燿《たかみやかい》です」

「じゃあ櫂《かい》くん、中《なか》に入《はい》ってみますか？」

「遠慮《えんりょ》なく」

櫂《かい》は白骨団長《はっこつだんちょう》の後《うし》ろに回《まわ》り込《こ》むと、靴《くつ》を脱《ぬ》いで足《あし》から中《なか》に入《はい》った。

着《き》ぐるみは、体《からだ》の大《おお》きな櫂《かい》でも余裕《よゆう》があり少々《しょうしょう》だぶついたが、調整《ちょうせい》すればなんとかなりそうである。

ついに動《うご》きだした白骨団長《はっこつだんちょう》を前《まえ》に、ベロベロは興奮《こうふん》して自分《じぶん》の携帯端末《けいたいたんまつ》を取《と》り出《だ》すと、二人《ふたり》でツーショット写真《しゃしん》を、いろんなポーズで何枚《なんまい》も撮影《さつえい》した。

「えへへ。この画像《がぞう》をアップしたらおもしろいことになるぞ」

もう黒部《くろべ》のマスクはどこかに行《い》ってしまい、にやにやしっぱなしの顔《かお》をずっとさらしている。

黒部《くろべ》がその画像《がぞう》を、いまにもSNS《エスエヌエス》に投稿《とうこう》しようとしたすんでのところで、武井《たけい》が声《こえ》をかけた。

「あの、ベロベロ先生《せんせい》は素顔《すがお》のままですけど、それ、投稿《とうこう》して大丈夫《だいじょうぶ》なんですか？」

「あああっ！」

しかしびっくりした拍子《ひょうし》に、黒部《くろべ》は結局《けっきょく》投稿《とうこう》ボタンを押《お》してしまった。

「まずいまずいまずい！」

あわてて投稿削除《とうこうさくじょ》ボタンを連打《れんだ》する黒部《くろべ》。

何《なに》やってんだ、この人《ひと》。

礼司《れいじ》は、ベロベロのことをちょっと見直《みなお》していたのに、さすがにこれにはあきれてしまった。


「あのさー、ずっとあの糸《いと》を探《さが》してるんだけどさー、ぜんぜん見《み》つからないよ～」

裏《うら》の方《ほう》でごそごそと何《なに》かを引《ひ》っかきまわしていたユトリが、ついに音《ね》を上《あ》げた。

「そんなことはないだろ」

礼司《れいじ》が眉《まゆ》をひそめると、ユトリは、口《くち》をとがらせた。

「だったらいっしょに探《さが》してよ」

「糸《いと》ってなんのことですか？」

武井《たけい》はまだ知《し》らないようだ。

「ミヤコの糸《いと》のことですね。ミヤコの糸《いと》は、我々《われわれ》が空中《くうちゅう》で縦横無尽《じゅうおうむじん》にパフォーマンスするために必要《ひつよう》な、とても強靭《きょうじん》な糸《いと》です」

白骨団長《はっこつだんちょう》が答《こた》えた。

幽霊《ゆうれい》サーカスは、テント内《ない》に張《は》り巡《めぐ》らせたミヤコの糸《いと》を使《つか》い、空中《くうちゅう》でアクロバットを行《おこな》うサーカス団《だん》である。

団員《だんいん》たちは専用《せんよう》のフックを使《つか》って糸《いと》をつかみ、綱《つな》わたりや空中《くうちゅう》ブランコを披露《ひろう》する。

その黒《くろ》い糸《いと》は、上《うえ》にいる団員《だんいん》からは、見下《みお》ろすステージの明《あか》るい光《ひかり》が背景《はいけい》になってよく見《み》えるのだが、下《した》から見上《みあ》げている観客《かんきゃく》からは、暗《くら》い天井《てんじょう》に紛《まぎ》れ、ほとんどわからない。まるで、宙《ちゅう》に浮《う》いているように見《み》えるのだ。

もしも、ミヤコの糸《いと》でなくロープを使《つか》ったなら、それはもう幽霊《ゆうれい》サーカスではなく、ただのサーカスになってしまう。

「ベロ先生《せんせい》は、ミヤコの糸《いと》のことはどれくらいご存《ぞん》じですか？」

礼司《れいじ》が聞《き》いた。

「あり得《え》ないほどの荷重《かじゅう》をかけても、絶対《ぜったい》に切《き》れない糸《いと》と聞《き》いてる。知《し》っているのはその程度《ていど》かな。実物《じつぶつ》にお目《め》にかかれるかと楽《たの》しみにしていたんだが……」

黒部《くろべ》はため息《いき》をつくと、そのまま白骨団長《はっこつだんちょう》に顔《かお》を向《む》けてたずねた。

「その糸《いと》は普段《ふだん》はどんな状態《じょうたい》で保管《ほかん》してあったんですか？」

「一本《ぽん》ずつ、専用《せんよう》の糸巻《いとま》きに巻《ま》いて、頑丈《がんじょう》な黒《くろ》い箱《はこ》に保管《ほかん》してあったはずです。長《なが》さは二メートルほどあるが、細《ほそ》くて平《ひら》たい形状《けいじょう》だから、何《なに》かの下敷《したじ》きになっているかもしれません」

白骨団長《はっこつだんちょう》が鮮明《せんめい》に覚《おぼ》えていてくれたおかげで、箱《はこ》はすんなり見《み》つかった。かなりの大《おお》きさがあったが、キャスターが付《つ》いていたので、引《ひ》っ張《ぱ》り出《だ》すのは簡単《かんたん》だった。

その箱《はこ》を、広《ひろ》い場所《ばしょ》に移動《いどう》させ、横倒《よこだお》しにしてから蓋《ふた》を開《あ》けた。

黒《くろ》い糸《いと》だと聞《き》いていたが、中《なか》に入《はい》っていたのは真《ま》っ白《しろ》な糸《いと》だった。

「これですか？」

礼司《れいじ》は白骨団長《はっこつだんちょう》に確認《かくにん》してもらった。

「ミヤコの糸《いと》は、こんなではなかった……」

白骨団長《はっこつだんちょう》にも予想外《よそうがい》だったようだ。

「おれは触《さわ》ったこともあるけど、本物《ほんもの》は真《ま》っ黒《くろ》でツヤツヤしてるよ」

団長《だんちょう》の中《なか》の櫂《かい》も答《こた》えた。

ためしにその糸《いと》を櫂《かい》が引《ひ》っ張《ぱ》ってみると、それは簡単《かんたん》にちぎれてしまった。

「すり替《か》えられちゃったの？」

ユトリは、白骨団長《はっこつだんちょう》の着《き》ぐるみに入《はい》っている櫂《かい》を見上《みあ》げた。

「いえ、保存状態《ほぞんじょうたい》が悪《わる》かったんでしょう」

白骨団長《はっこつだんちょう》が答《こた》えた。

礼司《れいじ》は、急《いそ》いで土門《どもん》にメールを送《おく》った。

幽霊《ゆうれい》サーカス団《だん》には欠《か》かせない大切《たいせつ》なものだ。もしかして別《べつ》の場所《ばしょ》にも予備《よび》が保管《ほかん》してあるかもしれない、と思《おも》ったからだ。

しかし、土門《どもん》の返事《へんじ》はノーだった。

土門《どもん》も、糸《いと》が劣化《れっか》していたことが信《しん》じられないと困惑《こんわく》していた。

その後《ご》、全員《ぜんいん》で倉庫《そうこ》の中《なか》を徹底的《てっていてき》に調《しら》べたが、まともなミヤコの糸《いと》は一本《ぽん》も発見《はっけん》できなかった。

テントや柱《はしら》が置《お》いてある四番倉庫《ばんそうこ》も探《さが》してみたが、結果《けっか》は同《おな》じだった。

「ないなら新《あたら》しい物《もの》を手《て》に入《い》れたらいいさ。津島《つしま》も在《あ》り処《か》は知《し》っているだろ」

櫂《かい》は、こともなげに言《い》った。

「きみの、ひいおばあさんの家《いえ》だね」

うなずく代《か》わりに櫂《かい》は笑《え》みを浮《う》かべた。


その翌日《よくじつ》の朝《あさ》、礼司《れいじ》が学校《がっこう》の教室《きょうしつ》に入《はい》ると、櫂《かい》がすぐに話《はな》しかけてきた。

「明日《あした》の休日《きゅうじつ》、あの糸《いと》を取《と》りにいこうと思《おも》うんだ。時間《じかん》あるか？」

「わかった。手伝《てつだ》うよ」

礼司《れいじ》はうなずいた。

「さすが、話《はなし》が早《はや》いな」

櫂《かい》はそう言《い》い残《のこ》して、自分《じぶん》の席《せき》に戻《もど》った。

その8 切《き》っても切《き》っても切《き》れない

礼司《れいじ》と櫂《かい》は駅前《えきまえ》で待《ま》ち合《あ》わせた。

ユトリもついて行《い》くと言《い》っていたが、朝《あさ》から体調《たいちょう》が良《よ》くないとかで、礼司《れいじ》と櫂《かい》の二人《ふたり》で行《い》くことになった。

ミヤコの家《いえ》までは、電車《でんしゃ》に乗《の》って三十分《ぶん》、最寄《もよ》り駅《えき》からは歩《ある》いて二十分《ぶん》ほどかかるらしい。

「あれだ」

櫂《かい》が指差《ゆびさ》す方《ほう》を見《み》ると、そこにだけたくさんの木《き》が生《は》えた一角《いっかく》があり、入《い》り口《ぐち》には鳥居《とりい》が立《た》っている。

「神社《じんじゃ》じゃないか」

「そうだよ。言《い》ってなかったか」

聞《き》いてない。

地図《ちず》アプリで確認《かくにん》すると、要神社《かなめじんじゃ》とあった。

鳥居《とりい》をくぐり、手水舎《ちょうずしゃ》の脇《わき》を抜《ぬ》けると。狛犬《こまいぬ》が出迎《でむか》えてくれた。

そのまま本殿《ほんでん》に向《む》かおうとする礼司《れいじ》を、櫂《かい》が呼《よ》び止《と》めた。

「ちがうちがう、こっちこっち」

自宅《じたく》の入《い》り口《ぐち》は、入《はい》って右手《みぎて》の奥《おく》にあるらしい。

「おばさ〜ん、来《き》たよ〜」

櫂《かい》はインターホンを鳴《な》らし、家《いえ》の中《なか》に向《む》かって呼《よ》びかけた。

「いらっしゃい」

すぐに背《せ》の高《たか》い女《おんな》の人《ひと》が顔《かお》を出《だ》した。

スリッパが二組用意《くみようい》されている。

櫂《かい》は礼司《れいじ》といっしょに行《い》くと、伝《つた》えてあったようだ。

礼司《れいじ》は挨拶《あいさつ》をすると、燿《かい》の後《あと》について家《いえ》にあがった。

「ミヤコばあちゃんは二階《かい》？」

「そうよ。さっきからお待《ま》ちよ」

燿《かい》のおばさんは言《い》った。

階段《かいだん》を上《あ》がって、燿《かい》が奥《おく》の部屋《へや》のふすまを開《あ》けると、座敷《ざしき》の真《ま》ん中《なか》で座布団《ざぶとん》に正座《せいざ》をした老婦人《ろうふじん》が、こちらに顔《かお》を向《む》けていた。

白《しろ》く結《ゆ》った髪《かみ》に、渋《しぶ》い紫色《むらさきいろ》の着物《きもの》、姿勢《しせい》は良《よ》く背筋《せすじ》がきれいにのびている。そして表情《ひょうじょう》は厳《きび》しい。

この人《ひと》が要《かなめ》ミヤコであろう。

燿《かい》が言《い》っていた通《とお》り、サーカスを見《み》て子《こ》どもみたいにはしゃぐような人《ひと》にはまったく見《み》えない。

「ダメよ。井戸《いど》の糸《いと》はわたせませせん」

いきなり結論《けつろん》からきた。

「そもそも、どうして井戸《いど》の糸《いと》のことを知《し》っているの？」

ミヤコはにらみつけた。

「今年《ことし》の正月《しょうがつ》、開《あ》かずの間《ま》からはみ出《だ》していたのを見《み》たんだ。くわしいことは塾《じゅく》の先《せん》生《せい》が教《おし》えてくれた」

「うそおっしゃい。井戸《いど》の糸《いと》のことを教《おし》えてくれる塾《じゅく》なんてあるわけないでしょ」

櫂《かい》は正直《しょうじき》に本当《ほんとう》のことを話《はな》したのに、ミヤコはまったく信《しん》じない。

「どうせ、だれかの差《さ》し金《がね》でしょ」

ミヤコは何《なに》かを疑《うたが》っているようだ。

「別《べつ》に、だれかに頼《たの》まれたからじゃないよ」

「じゃあ、井戸《いど》の糸《いと》を何《なに》に使《つか》うのか、言《い》ってみなさい」

ミヤコは語気《ごき》を強《つよ》めた。

「幽霊《ゆうれい》サーカス団《だん》が復活《ふっかつ》することになったんだ。だから……」

「やっぱりあいつらね。あんたは絶対《ぜったい》にあんなチンピラどもとかかわっちゃいけないよ」

ミヤコは話《はなし》の途中《とちゅう》で割《わ》り込《こ》んだ。

「なんでそんな言《い》い方《かた》するんだよ。前《まえ》は幽霊《ゆうれい》サーカスの大《だい》ファンだったって、知《し》ってるんだからね」

「あいつらの本性《ほんしょう》を知《し》らなかったからね」

「本性《ほんしょう》?」

「そう、あいつらはサーカスを隠《かく》れ蓑《みの》に、井戸《いど》の糸《いと》をわたしから手《て》に入《い》れて、横流《よこなが》ししていたんだよ」

「えっ?」

思《おも》いがけない話《はなし》に、櫂《かい》は言葉《ことば》を失《うしな》った。

ミヤコの話《はなし》はこうだ。

とある密輪《みつゆ》グループが摘発《てきはつ》され、その押収品《おうしゅうひん》の中《なか》から井戸《いど》の糸《いと》が見《み》つかった。それは幽霊《ゆうれい》サーカス団《だん》の新企格《しんきかく》のために提供《ていきょう》したものだと、ミヤコにはすぐにわかった。ミヤコは糸《いと》を切《き》り出《だ》す長《なが》さを、毎回《まいかい》、微妙《びみょう》に変《か》えていたのだ。そのため、長《なが》さを測《はか》れば、いつ、だれに提供《ていきょう》したものかがすぐにわかるのだ。

もしかすると、これまでにも、不要《ふよう》になったものは横流《よこなが》しされていたのかもしれない。

白骨団長《はっこつだんちょう》が姿《すがた》を消《け》した、事故《じこ》のあったあの日《ひ》は、ショーの終演後《しゅうえんご》、井戸《いど》の糸《いと》の保有《ほゆう》数《すう》を照合《しょうごう》するため、幽霊《ゆうれい》サーカスに捜査員《そうさいん》が入《はい》ることになっていた。

後日《ごじつ》、改《あらた》めて井戸《いど》の糸《いと》の数《かず》を照合《しょうごう》すると、やはり数《かず》が足《た》らなかった。捜査員《そうさいん》たちは、姿《すがた》を消《け》した団長《だんちょう》が横流《よこなが》しの犯人《はんにん》だと結論《けつろん》づけた。

井戸《いど》の糸《いと》は公《おおやけ》には発表《はっぴょう》されていない特殊《とくしゅ》な物質《ぶっしつ》であったため、詳細《しょうさい》について世間《せけん》の人々《ひとびと》が知《し》ることはなく、ただの失踪事件《しっそうじけん》としてしかあつかわれなかった。

ミヤコは、横流《よこなが》しが組織的《そしきてき》に行《おこな》われていた可能性《かのうせい》も疑《うたが》った。

もしかすると、だれかが団長《だんちょう》にすべての罪《つみ》を押《お》しつけようと、団長《だんちょう》を転落《てんらく》させ、口《くち》封《ふう》じで殺《ころ》したのではないか。

そんなことばかり考《かんが》えていたら頭《あたま》がおかしくなってしまう。

ミヤコは幽霊《ゆうれい》サーカスと縁《えん》を切《き》ると決《き》めた。

こんな気持《きも》ちになるのなら井戸《いど》の糸《いと》はもうだれにもわたさない――。

「白骨団長《はっこつだんちょう》なら生《い》きてるよ」

ミヤコの長《なが》い話《はなし》が終《お》わると、まず櫂《かい》は言《い》った。

「そうなの？」

「つい最近《さいきん》も話《はな》したし」

「わたしも話《はな》せる？」

ミヤコが、少《すこ》しだけ腰《こし》を浮《う》かせた。

「聞《き》いておくよ」

「へえ、そう。彼《かれ》、生《い》きてるんだ……」

ミヤコはそう言《い》って、遠《とお》い目《め》をした。

「幽霊《ゆうれい》サーカスに残《のこ》っていた井戸《いど》の糸《いと》が全部《ぜんぶ》ボロボロになっちゃったのって、保存《はぞん》の仕方《しかた》がまちがっていたのかな？」

櫂《かい》は気《き》になっていたことを、ミヤコに確認《かくにん》した。

「あれは井戸《いど》から切《き》り離《はな》したら、五年《ねん》で白化《はっか》が始《はじ》まって使《つか》い物《もの》にならなくなるのよ」

「えっ、そうだったの」

意外《いがい》な事実《じじつ》に櫂《かい》だけでなく、礼司《れいじ》も目《め》をむいた。

「そう。永遠《えいえん》に使《つか》えるものじゃない。だからこそ、むやみにばらまいてはいけないのよ」

井戸《いど》の糸《いと》は経年劣化《けいねんれっか》する素材《そざい》だった。

昔《むかし》から存在《そんざい》していたにもかかわらず、どこにもそれらしいものが残《のこ》っていないのは、つまりそういうことだったのだ。

「だったらなおさら、新《あたら》しい井戸《いど》の糸《いと》、もらっていきます」

畳《たたみ》の上《うえ》であぐらをかいていた櫂《かい》は、すっと立《た》ち上《あ》がった。

「何《なに》を言《い》ってるの。たったいま、ダメな理由《りゆう》をさんざん説明《せつめい》したじゃない」

「えええ〜、じゃあちょっとだけでいいよ」

櫂《かい》も食《く》い下《さ》がる。

「うるさい。とっとと帰《かえ》りなさい」

手《て》でしっしと追《お》い払《はら》われた。

階段《かいだん》を下《お》りていく途中《とちゅう》、

「二人《ふたり》とも、絶対《ぜったい》に危《あぶ》ないことするんじゃないよ！」

背後《はいご》から、そう叫《さけ》ぶミヤコの声《こえ》が聞《き》こえた。

下《した》の階《かい》に下《お》りると、真《ま》っ黒《くろ》に日焼《ひや》けした少年《しょうねん》が待《ま》っていた。

「こいつは純平《じゅんぺい》、おれのいとこだ」

櫂《かい》は手短《てみじか》に紹介《しょうかい》した。

純平《じゅんぺい》は一つ下《した》の年齢《ねんれい》だが、身長《しんちょう》は礼司《れいじ》よりすでに高《たか》い。

「まだ時間《じかん》ある？」

「ああ」

櫂《かい》はうなずいた。

「じゃあ、少《すこ》しサッカー教《おし》えてよ」

「そうだな、やろうか」

「やった！」

櫂《かい》は純平《じゅんぺい》にとって、あこがれのお兄《にい》さんなんだろう。

純平《じゅんぺい》は、喜《よろこ》び勇《いさ》んでサッカーボールを玄関《げんかん》から蹴《け》り出《だ》し、神社《じんじゃ》の境内《けいだい》に飛《と》び出《だ》した。

礼司《れいじ》も運動《うんどう》は得意《とくい》な方《ほう》だが、まったく二人《ふたり》の相手《あいて》にはならなかったので、縁側《えんがわ》にすわって、出《だ》してもらったジュースをすすっていることにした。

一時間《じかん》ほど純平《じゅんぺい》の相手《あいて》をしただろうか、櫂《かい》と礼司《れいじ》は要神社《かなめじんじゃ》を後《あと》にした。

「結局《けっきょく》、ミヤコの糸《いと》はもらえなかったね」

礼司《れいじ》はため息《いき》をついたが、

「もともとこうなることはわかってたんだ。とりあえず一度駅《いちどえき》に戻《もど》って、暗《くら》くなるまで待機《たいき》しよう」

櫂《かい》にはまだ何《なに》か計画《けいかく》があるようだ。

二人《ふたり》が来《き》た道《みち》をとぼとぼと戻《もど》り、駅前《えきまえ》のハンバーガーショップで腹《はら》ごしらえをしているうちに、だんだん日《ひ》が傾《かたむ》いてきた。

店《みせ》の窓《まど》から外《そと》の様子《ようす》を眺《なが》めていると、駅《えき》のロータリーに、基幹《きかん》バスと入《い》れ替《か》わりで、派手《はで》な黄色《きいろ》のオープンカーが滑《すべ》り込《こ》んできた。野球帽《やきゅうぼう》にサングラスをかけた男《おとこ》が車《くるま》から降《お》りると、辺《あた》りをきょろきょろ見《み》まわしている。

「きたきた」

櫂《かい》は、すばやい動《うご》きでハンバーガーの包《つつ》み紙《がみ》をゴミ箱《ばこ》の中《なか》に突《つ》っ込《こ》むと、店《みせ》の外《そと》に飛《と》び出《だ》した。

「待《ま》ってました」

男《おとこ》はベロベロの中《なか》の人《ひと》、黒部《くろべ》だ。

どうやら櫂《かい》が呼《よ》びつけたらしい。

「小学生《しょうがくせい》たちなあ、こう見《み》えておれはそんなにひまじゃないんだぞ」

黒部《くろべ》は口《くち》をとがらせた。

「へぇ、ミヤコの糸《いと》が生《は》えてるとこ、見《み》たくないんですか?」

「見《み》たいよ!」

そこは強《つよ》く主張《しゅちょう》した。

「頼《たの》んだ物《もの》は、持《も》ってきてくれましたか?」

櫂《かい》がたずねる。

「ああ、手当《てあ》たりしだい持《も》ってきたが……」

黒部《くろべ》は、車《くるま》の助手席《じょしゅせき》に置《お》いてあったズダ袋《ぶくろ》を開《ひら》いて見《み》せた。

中《なか》にはハサミ、ペンチ、ワイヤーカッター、爪切《つめき》り、斧《おの》、ノコギリなど、ありとあらゆる「切《き》る道具《どうぐ》」のほか、ドラッグストアで買《か》える、物《もの》を溶《と》かす溶剤各種《ようざいかくしゅ》とガスバーナーまでつめこまれていた。

「相手《あいて》は『切《き》れない糸《いと》』だぞ、こんなんで大丈夫《だいじょうぶ》なのか？」

「とにかく、チャレンジあるのみでしょ」

能天気《のうてんき》な調子《ちょうし》で櫂《かい》は言《い》った。

「まさか、きみはミヤコさんの家《いえ》に忍《しの》び込《こ》んで、糸《いと》を盗《ぬす》むつもりなのか？」

礼司《れいじ》は、二人《ふたり》の会話《かいわ》からその結論《けつろん》に至《いた》った。

手伝《てつだ》うとは言《い》ったが、さすがに泥棒《どろぼう》の片棒《かたぼう》はかつげない。

「人聞《ひとぎ》きが悪《わる》いぞ。ちゃんと住人《じゅうにん》の許可《きょか》は取《と》ってあるから安心《あんしん》しろ」

「だったらなんで、こそこそしてるんだ」

礼司《れいじ》も引《ひ》かない。

「そんなもん、ばあちゃんにばれたら、まずいからに決《き》まってるだろ」

要家《かなめけ》の住人《じゅうにん》は、ほとんどが櫂《かい》の味方《みかた》だったが、かといって、大《おお》っぴらにミヤコの言《い》いつけを破《やぶ》るわけにもいかないらしい。

それを聞《き》いて、ようやく礼司《れいじ》も納得《なっとく》した。

「おい、話《はなし》はすんだか、小学生《しょうがくせい》。やることは多少犯罪者《たしょうはんざいしゃ》っぽいが、背《せ》に腹《はら》は代《か》えられぬだぞ」

黒部《くろべ》は二人《ふたり》を車《くるま》に乗《の》せ、要神社《かなめじんじゃ》に向《む》かってアクセルを踏《ふ》んだ。

要家《かなめけ》では、今日《きょう》は大広間《おおひろま》で、家族《かぞく》そろってカラオケ大会《たいかい》をやることになっているらしい。そのため、多少《たしょう》の物音《ものおと》なら立《た》てても平気《へいき》なのだと、櫂《かい》は言《い》った。

車《くるま》は神社《じんじゃ》の裏手《うらて》に着《つ》けた。

黒部《くろべ》は、ロープとハンドライトと切断《せつだん》七つ道具《どうぐ》が入《はい》ったズダ袋《ぶくろ》をかつぎ、礼司《れいじ》と櫂《かい》は、井戸《いど》の糸《いと》を巻《ま》き取《と》るための大型《おおがた》リールを一台《だい》ずつ背負《せお》った。

もう、マジで泥棒《どろぼう》になった気分《きぶん》だ。

できるかぎり静《しず》かに裏庭《うらにわ》を進《すす》んでいくと、礼司《れいじ》はその先《さき》に白《しろ》っぽくて大《おお》きい塊《かたまり》を見《み》つけた。

犬《いぬ》だ。

黒《くろ》い瞳《ひとみ》でこちらをじっと見《み》ている。あんなのに襲《おそ》われたらひとたまりもない。

礼司《れいじ》は、あわてて歩《あゆ》みを止《と》めた。

「心配《しんぱい》しなくていい。うーちゃんだ」

その犬《いぬ》は、櫂《かい》になれているらしい。

うーちゃんはしっぽを振《ふ》りながら近《ちか》づいてくると、櫂《かい》の手《て》をペロペロなめた。

「おれがいなかったら、津島《つしま》もベロ先生《せんせい》も、うーちゃんに噛《か》みつかれ、そこら中引《じゅうひ》きずりまわされてボロボロだよ」

かわいい名前《なまえ》に似合《にあ》わず、うーちゃんには確《たし》かにそんな迫力《はくりょく》がある。

礼司《れいじ》は、背筋《せすじ》がぞっとした。


「こっちこっち」

純平《じゅんぺい》が、ガラス扉《とびら》を開《あ》けて手招《てまね》きしている。

三人《にん》は、そこから中《なか》に入《はい》った。

どうやら、警備会社《けいびがいしゃ》のセキュリティ装置《そうち》は切《き》ってくれているらしい。

廊下《ろうか》の先《さき》で、昼間《ひるま》に会《あ》った櫂《かい》のおばさんもこちらに手《て》を振《ふ》っている。

住人《じゅうにん》に了解《りょうかい》を得《え》ているというのは、うそではなかったようだ。

開《あ》かずの間《ま》は、そのすぐ先《さき》にあった。

扉《とびら》を開《あ》けるには、変《か》わった形《かたち》のカギと段取《だんど》りが必要《ひつよう》だったが、純平《じゅんぺい》がすべて用意《ようい》しておいてくれたおかげで、すんなりと開《あ》いた。

その部屋《へや》は土間《どま》になっていて、中《なか》はひんやりしている。

そして部屋《へや》の真《ま》ん中《なか》には、井戸《いど》というより、ただの穴《あな》が口《くち》を開《あ》けていた。

穴《あな》をのぞいてみると、中《なか》は真《ま》っ暗《くら》だ。ライトで照《て》らしてもほとんど変《か》わらない。それだけ穴《あな》が深《ふか》いということなのだろう。

「井戸《いど》の糸《いと》ってどれのことですか？」

礼司《れいじ》は部屋《へや》を見《み》まわしたが、それらしい物《もの》は見当《みあ》たらない。

「今日《きょう》は出《で》てないようです。きっと穴《あな》の奥《おく》です」

純平《じゅんぺい》は言《い》った。

「降《お》りてみるか」

黒部《くろべ》は、自分《じぶん》の体《からだ》にロープを縛《しば》り始《はじ》めた。

「その必要《ひつよう》はありませんよ」

そう言《い》って、純平《じゅんぺい》が部屋《へや》の右隅《みぎすみ》にあった長《なが》いレバーを引《ひ》くと、鎖《くさり》の先《さき》についたカギ爪《づめ》だらけの錨《いかり》のような物《もの》が天井《てんじょう》から下《お》りてきた。

錨《いかり》はそのまま、じゃらじゃらと音《おと》を立《た》てて穴《あな》の中《なか》へ下《お》りていく。頃合《ころあ》いを見《み》てレバーを立《た》てると、錨《いかり》は落下《らっか》を停止《ていし》した。

純平《じゅんぺい》は穴《あな》の縁《ふち》まで近《ちか》づくと、鎖《くさり》を引《ひ》き寄《よ》せながらぐるっと回《まわ》った。そして次《つぎ》は反対《はんたい》回《まわ》り。

「そろそろかな」

今度《こんど》はレバーを元《もと》の位置《いち》に戻《もど》すと、錨《いかり》が引《ひ》き戻《もど》されてくる。

やがて、カギ爪《づめ》にたくさんの井戸《いど》の糸《いと》を引《ひ》っかけ、錨《いかり》が戻《もど》ってきた。

「まるで大《おお》きな頭《あたま》が出《で》てきたみたいだな」

黒部《くろべ》の感想《かんそう》は言《い》い得《え》て妙《みょう》だ。

「そうなんですよ〜、裏側《うらがわ》に顔《かお》があったらどうしようと思《おも》います。でもこうやってときどき上《あ》げ下《さ》げしないと、中《なか》でつまっちゃって、吹《ふ》き出《だ》してきちゃうんですよ」

「正月《しょうがつ》におれが見《み》たのは、それだったんだな」

　櫂《かい》は納得《なっとく》したようだ。

「さあ、問題《もんだい》はこれからだよ。糸《いと》を持《も》ち出《だ》すには、なんとかして切《き》らないと」

　純平《じゅんぺい》が言《い》うと、櫂《かい》は言《い》った。

「津島《つしま》と純平《じゅんぺい》は、二台《だい》のリールで糸《いと》を巻《ま》けるだけ巻《ま》き取《と》っておいてくれ」

「わかった」

　礼司《れいじ》と純平《じゅんぺい》はうなずいて、すぐに作業《さぎょう》に取《と》りかかった。

「おれとベロ先生《せんせい》は、どうにかしてコレを切《き》る」

「よし、やるか」

　黒部《くろべ》はそう言《い》って、切断《せつだん》七つ道具《どうぐ》を地面《じめん》にぶちまけた。

　井戸《いど》の糸《いと》はほとんどからまることがないので、巻《ま》き取《と》り作業《さぎょう》は順調《じゅんちょう》だった。

「サラサラヘアーで助《たす》かるよ」

「ほんとですね」

リールのハンドルをぐるぐる回《まわ》しながら、純平《じゅんぺい》が笑顔《えがお》でうなずいた。

ところが、肝心《かんじん》の切断作業《せつだんさぎょう》はすぐに行《い》き詰《づ》まった。刃物系《はものけい》ダメ、ペンチ系《けい》ダメ、ヤスリ系《けい》ダメ、熱《ねっ》してもダメ、冷《ひ》やしてもダメ、薬品《やくひん》ダメ、その複合技《ふくごうわざ》もダメ。

燿《かい》たちは汗《あせ》だくになりながらさまざまな方法《ほうほう》をためしたが、井戸《いど》の糸《いと》にはかすり傷《きず》一つつかなかった。

「だぁはーっ、こりゃあ、手《て》に負《お》えねぇわ」

燿《かい》は土間《どま》にひっくり返《かえ》った。

「本来《ほんらい》、これは何《なに》で切《き》るものなのかな？」

黒部《くろべ》も汗《あせ》だくだ。

「ミヤコばあちゃんの糸切《いとき》りバサミです。ただしミヤコばあちゃんじゃないと切《き》れません」

「どんな権力者《けんりょくしゃ》でも要《かなめ》から奪《うば》えなかったって、南無先生《なむせんせい》が言《い》ってたわ」

燿《かい》は頭《あたま》を抱《かか》えた。

「あら、そこのこそ泥《どろ》たち。もうあきらめたの？」

不意《ふい》に開《あ》かずの間《ま》の扉《とびら》が開《ひら》くと、外《そと》にはミヤコが立《た》っていた。ミヤコの後《うし》ろでは、ほかの住人《じゅうにん》たちが手《て》を合《あ》わせ、情《なさ》けない顔《かお》でこちらに頭《あたま》を下《さ》げている。

どうやら、すべてミヤコの方《ほう》が一枚上手《まいうわて》だったようだ。

「お母《かあ》さん、ここは櫂《かい》と純平《じゅんぺい》のがんばりに免《めん》じて、少《すこ》しだけでも分《わ》けてあげてはどうですか？」

櫂《かい》と純平《じゅんぺい》のおばあさんが、ミヤコにお願《ねが》いしてくれた。

「好《す》きなだけ持《も》っていってかまわないわよ。ただし、あなたたちに切《き》ることができたらね」

ミヤコはそう言《い》い残《のこ》すと、高笑《たかわら》いしながら母屋《おもや》に戻《もど》っていった。

礼司《れいじ》は、どっとつかれてしまった。すると、

「いたっいたたっ」

いきなり櫂《かい》がうずくまった。苦痛《くつう》で顔《かお》がゆがんでいる。

「どうしたの？」

純平《じゅんぺい》が心配《しんぱい》して声《こえ》をかけた。

「うわ、なんだこれ。腹《はら》がきりきりする」

耀《かい》は、お腹《なか》を抱《かか》え、足《あし》をばたばたさせている。

「何《なに》か変《へん》な物《もの》でも食《た》べたんじゃないだろうな？」

黒部《くろべ》は礼司《れいじ》の方《ほう》を見《み》た。

「ぼくは別《べつ》に……」

そう言《い》えばユトリも今日《きょう》、体調《たいちょう》を崩《くず》したと連絡《れんらく》があったな。

礼司《れいじ》は、はっとなった。

「その痛《いた》み、腹痛《ふくつう》の盾《たて》のせいじゃないのか？」

今日《きょう》はあれから三日目《みっかめ》だ。

礼司《れいじ》の予想《よそう》が正《ただ》しければ。ユトリが来《こ》られなかったのも、お腹《なか》が痛《いた》かったからではないか。

「あはは、たぶんそれだ。マジックアイテムってすげぇなぁ」

耀《かい》は力《ちから》なく笑《わら》った。

「いや、待《ま》て。まったく笑《わら》い事《ごと》じゃない。肝心《かんじん》な物《もの》を忘《わす》れるところだった」

痛《いた》みで脂汗《あぶらあせ》を流《なが》しながら、櫂《かい》は目《め》を見開《みひら》いた。

「どんな硬《かた》い鎧《よろい》でも貫《つらぬ》ける魔法剣《まほうけん》」

櫂《かい》は、胸《むね》ポケットをまさぐるようにして針《はり》のような物《もの》を取《と》り出《だ》すと、井戸《いど》の糸《いと》に突《つ》き刺《さ》し、そのままぐっと押《お》し込《こ》むと、切断《せつだん》した。

「これぞ聖剣《せいけん》トゥースピックだ！」

高《たか》らかに、その名《な》を呼《よ》んだ。

「おれたちの勝《か》ちだ！　あっいてててて」

そこまで叫《さけ》んでから、櫂《かい》は腹痛《ふくつう》で七転八倒《しちてんばっとう》した。

その9 主役《しゅやく》オーディション

あの日《ひ》、ユトリはお腹《なか》の激痛《げきつう》で目《め》を覚《さ》ました。

いつまでたっても痛《いた》みはおさまらず、ベッドから転《ころ》げ落《お》ち、部屋《へや》の床《ゆか》をのたうちまわった。

心配《しんぱい》した母親《ははおや》が休日診療《きゅうじつしんりょう》の病院《びょういん》へかつぎ込《こ》んだが、いくら調《しら》べても原因《げんいん》がわからなかった。

しかしユトリ本人《ほんにん》には、原因《げんいん》はわかっていた。

腹痛《ふくつう》の盾《たて》の呪《のろ》いだ。

昼《ひる》を過《す》ぎるころ、痛《いた》みは跡形《あとかた》もなくなったが、体《からだ》はへとへとだった。そのまま眠《ねむ》り込《こ》んで目《め》を覚《さ》ましたころには、辺《あた》りは暗《くら》くなっていた。

だいぶ時差《じさ》があったようだが、櫂《かい》にも強烈《きょうれつ》な腹痛《ふくつう》が襲《おそ》ったことを、札司《れいじ》からのメールで知《し》り、遊《あそ》び半分《はんぶん》でマジックアイテムを使《つか》うものではないな、と反省《はんせい》した。

その後《ご》、櫂《かい》と礼司《れいじ》たちが、ミヤコの糸《いと》を大量《たいりょう》に持《も》ち帰《かえ》ったことにより、幽霊《ゆうれい》サーカス復活計画《ふっかつけいかく》は、現実味《げんじつみ》を帯《お》びて動《うご》きだした。

ベロベロは、積極的《せっきょくてき》にスポンサー集《あつ》めに動《うご》いている。そして、すでにいくつかの大手企業《おおてきぎょう》からの協力《きょうりょく》を得《え》ているようだ。

子《こ》ども向《む》けのレギュラーテレビ番組《ばんぐみ》で、ベロベロは幽霊《ゆうれい》サーカス入団《にゅうだん》を発表《はっぴょう》し、幽《ゆう》霊《れい》サーカス仕様《しよう》の新《あたら》しいベロベロスーツもお披露目《ひろめ》していた。

ダークブルーのボディにブラックライトを当《あ》てると、企業《きぎょう》ロゴが浮《う》かび上《あ》がる仕組《しく》みになっているらしい。

通称《つうしょう》、クロベロ。

もうそれ、ほとんど本名《ほんみょう》じゃん、とユトリはテレビに向《む》かって突《つ》っ込《こ》んでしまった。

全国《ぜんこく》に散《ち》らばる元団員《もとだんいん》たちも、演者《えんじゃ》だけでなく、演出家《えんしゅつか》、大道具係《おおどうぐがかり》、小道具係《こどうぐがかり》、衣装《いしょう》の針子《はりこ》、トレーナー、売店《ばいてん》の売《う》り子《こ》などなど、続々《ぞくぞく》と集《あつ》まってきている。

舞台《ぶたい》のレッスンも始《はじ》まった。

スクールともかかわりのあるスポーツ施設《しせつ》が、練習場《れんしゅうじょう》を提供《ていきょう》してくれることになった。

実際《じっさい》にミヤコの糸《いと》を使《つか》えるようになって、元団員《もとだんいん》は次第《しだい》に勘《かん》を取《と》り戻《もど》しつつあるようだ。

とはいえ、十年《ねん》ぶりのステージである。体力《たいりょく》の衰《おとろ》えから、代役《だいやく》を必要《ひつよう》とするキャラクターも少《すく》なからずいた。また逆《ぎゃく》に、子役《こやく》だったスターが成長《せいちょう》したために、新《あら》たな子《こ》役《やく》を探《さが》すケースもあり、新人《しんじん》オーディションも頻繁《ひんぱん》に行《おこな》われていた。

ユトリが目指《めざ》すのは、白骨団長《はっこつだんちょう》の相棒《あいぼう》、唯一《ゆいいつ》の人間《にんげん》で主役《しゅやく》の一人《ひとり》、パッチ少年役《しょうねんやく》だ。

スクールからも、たくさんの生徒《せいと》たちがその役《やく》に挑戦《ちょうせん》するらしいが、負《ま》けてはいられない。

そう、ユトリにはとっておきの秘策《ひさく》があった。

サーカス団《だん》のオーディションは、練習場《れんしゅうじょう》であるスポーツ施設《しせつ》の別棟《べつむね》で行《おこな》われることになっていた。

「礼司《れいじ》は、なんの役《やく》にも挑戦《ちょうせん》しないの？」

ユトリはオーディション会場《かいじょう》で、パッチ少年役希望者《しょうねんやくきぼうしゃ》の列《れつ》に並《なら》び、八十五番《ばん》の札《ふだ》をもらってきた。

「ぼくは、強《し》いて言《い》うなら観客役《かんきゃくやく》かな」

付《つ》き添《そ》いで来《き》ていた礼司《れいじ》は、あくまで他人事《ひとごと》のスタンスだ。

「しばらく時間《じかん》があるから、櫂《かい》くんの練習《れんしゅう》でも見《み》に行《い》く？」

「そうだな」

アクロバットの練習場《れんしゅうじょう》は、すぐとなりの建物《たてもの》だった。

実際《じっさい》の舞台《ぶたい》では、数人《すうにん》が入《い》り乱《みだ》れて演技《えんぎ》するが、練習《れんしゅう》は一人《ひとり》ずつ交代制《こうたいせい》である。

櫂《かい》は団長《だんちょう》の頭《あたま》を横《よこ》に置《お》いて、水飲《みずの》み場《ば》で水分補給中《すいぶんほきゅうちゅう》だった。

櫂《かい》の練習時間《れんしゅうじかん》は終《お》わったばかりのようだ。

「ユトリちゃん久《ひさ》しぶり～。津島《つしま》は学校《がっこう》ぶり～」

櫂《かい》は二人《ふたり》を見《み》つけて手《て》を振《ふ》った。

団長役候補《だんちょうやくこうほ》の中《なか》で、櫂《かい》の実力《じつりょく》は別格《べっかく》だった。

一を教《おし》えれば百を習得《しゅうとく》すると団長《だんちょう》に言《い》わしめ、技《わざ》を次々《つぎつぎ》とマスターしていく。

団長《だんちょう》が戻《もど》ってきたとしか思《おも》えない、と団員《だんいん》たちも絶賛《ぜっさん》した。ベロベロも「熱狂的《ねっきょうてき》な団長《だんちょう》ファンである自分《じぶん》の目《め》から見《み》ても、櫂《かい》は絶対《ぜったい》に成功《せいこう》する」と太鼓判《たいこばん》を押《お》した。

「見《み》てますか？」

ユトリは団長《だんちょう》の頭《あたま》を、人差《ひとさ》し指《ゆび》でコツコツしたが無反応《むはんのう》だった。

「団長《だんちょう》って、練習中《れんしゅうちゅう》はのりのりだけど、終《お》わったらすぐどっかに行《い》っちゃうんだ。つかれて寝《ね》てるんじゃないかな？」

櫂《かい》は肩《かた》をすくめた。

「いま練習《れんしゅう》しているあの人《ひと》、結構上手《けっこううま》いね」

礼司《れいじ》が注目《ちゅうもく》したその人物《じんぶつ》は、動《うご》きにメリハリがあり、空中《くうちゅう》での姿勢《しせい》も良《よ》く、申《もう》し分《ぶん》ない。

「杉浦《すぎうら》さんだよ。団長《だんちょう》が失踪《しっそう》してから役《やく》を引《ひ》き継《つ》いでいた人《ひと》だ」

燿《かい》は言《い》った。

「団長《だんちょう》の代《か》わりをしていたことのある人《ひと》だったのか。どうりで目立《めだ》つはずだ」

杉浦丞介《すぎうらじょうすけ》は元団員《もとだんいん》の一人《ひとり》だ。今回《こんかい》の募集《ぼしゅう》を知《し》って、つい先日練習《せんじつれんしゅう》に合流《ごうりゅう》したばかりである。

「だったら、あの人《ひと》も白骨団長《はっこつだんちょう》の役《やく》を狙《ねら》っているんじゃないの？」

ユトリが聞《き》いた。

「たぶんね。だけど負《ま》ける気《き》はしないな。あの人《ひと》はあれがギリだけど、おれは日《ひ》に日《ひ》に良《よ》くなってる。のびしろがちがうって」

そう言《い》って燿《かい》は親指《おやゆび》を立《た》てた。

「あっ、終《お》わったみたいだよ」

ユトリの目《め》に、杉浦《すぎうら》がタオルで汗《あせ》をふきながら、こちらにやってくるのが見《み》えた。

「燿《かい》くんのお友《とも》だちかな？」

杉浦《すぎうら》は、笑顔《えがお》で話《はな》しかけてきた。

「なんだか、初《はじ》めてきみが小学生《しょうがくせい》だってことを実感《じっかん》したよ」

ユトリは、なめられたような気《き》がしてちょっとむっとしたが、確《たし》かに櫂《かい》は普通《ふつう》の小《しょう》学生《がくせい》には見《み》えない。

「団長《だんちょう》とは話《はな》せるかい？」

杉浦《すぎうら》は団長《だんちょう》の頭《あたま》を見下《みお》ろしながら、櫂《かい》にたずねた。

「いいえ、休眠中《きゅうみんちゅう》みたいです」

櫂《かい》は素《そ》っ気《け》なく答《こた》えた。

「きみは団長《だんちょう》のことをどう思《おも》う？」

杉浦《すぎうら》は、団長《だんちょう》がそこにいないことがわかると、櫂《かい》に聞《き》いた。

「指示《しじ》は的確《てきかく》だし、乗《の》せるのは上手《うま》いし、いっしょにやってて楽《たの》しいですよ」

「そういうことじゃなくて、いまの団長《だんちょう》は本物《ほんもの》だと思《おも》うか、ってことだよ」

杉浦《すぎうら》は言《い》い直《なお》した。

「そっちか……。そうですね。会《あ》ったこともないし……、当時《とうじ》は、ぼくはまだ赤《あか》ちゃんだったんで正直《しょうじき》わかりません」

櫂《かい》は、おどけた感《かん》じで頭《かぶり》を振《ふ》った。

団長《だんちょう》が偽者《にせもの》だという噂《うわさ》があることは、ユトリも知《し》っていた。ベロベロがこの企画《きかく》のためにでっち上《あ》げたとか、ベロベロ自身《じしん》が声《こえ》を機械《きかい》で変《か》えて、なりすましているなどと言《い》っている輩《やから》もいるらしい。

そんな噂《うわさ》が立《た》つのにも理由《りゆう》がある。

それは団長《だんちょう》が、失踪当時《しっそうとうじ》のことは覚《おぼ》えていないの一点張《てんば》りで、まったく語《かた》らないことにある。姿《すがた》を現《あらわ》さないうえに、素性《すじょう》を明《あ》かさないからだ。

それでも、団長《だんちょう》が必《かなら》ず最後《さいご》に言《い》うのは「幽霊《ゆうれい》なんです、身元《みもと》も過去《かこ》もとっくになくしました」だった。

「もちろん、ぼくは団長《だんちょう》を知《し》っている。しかし、昔《むかし》から団長《だんちょう》は徹底的《てっていてき》な秘密主義《ひみつしゅぎ》で、団員《だんいん》たちにもほとんどプライベートなことを語《かた》らなかった」

杉浦《すぎうら》はそこで、ペットボトルから水《みず》を少《すこ》しだけ口《くち》にふくんだ。

「ある晩《ばん》、団長《だんちょう》から呼《よ》び出《だ》されて、代《か》わりに白骨団長《はっこつだんちょう》の着《き》ぐるみを着《き》て、今日《きょう》の舞台《ぶたい》に出《で》てくれないかと頼《たの》まれたんだ。どうにも体調《たいちょう》がすぐれないからって。そのころのぼくは、技術《ぎじゅつ》には自信《じしん》があったが、入《はい》ったばかりのド新人《しんじん》だったから、びびりまくってね。当然《とうぜん》、断《ことわ》った。しかし、演技《えんぎ》のセリフと仕切《しき》りはリモートで自分《じぶん》がやるからと説得《せっとく》され、引《ひ》き受《う》けたんだ」

そこにいたみんなが、杉浦《すぎうら》の話《はなし》に興味《きょうみ》を引《ひ》かれた。

そのころから団長《だんちょう》は、二人羽織《ににんばおり》のようなことをやっていたということのようだ。

「どうやら、団長《だんちょう》は重《おも》い病《やまい》にかかっていたようなんだ。それからも、どうしてもという時《とき》だけ、ぼくが団長《だんちょう》の代《か》わりに舞台《ぶたい》に立《た》った。観客《かんきゃく》に絶対《ぜったい》にばれないように細心《さいしん》の注意《ちゅうい》を払《はら》って」

ユトリだけでなく、櫂《かい》も礼司《れいじ》も、杉浦《すぎうら》の話《はなし》に聞《き》き入《い》った。

「そんなことを繰《く》り返《かえ》していたある晩《ばん》、団長《だんちょう》になりすまして演技《えんぎ》をしていたぼくの耳《みみ》元《もと》に、いつも聞《き》こえていた団長《だんちょう》からの指示《しじ》が、突然《とつぜん》届《とど》かなくなった。次《つぎ》は新《あたら》しい技《わざ》を初披露《はつひろう》するというタイミングだった。ぼくはうろたえ、大事《だいじ》な手順《てじゅん》を忘《わす》れたために、糸《いと》をつかみそこねて観客席《かんきゃくせき》へ転落《てんらく》した」

「落《お》ちたのは、団長《だんちょう》じゃなかったってことですか?」

ユトリはもう話《はなし》に夢中《むちゅう》だ。

「そう、落《お》ちたのはぼくだ。幸《さいわ》い観客《かんきゃく》がクッションになって骨折《こっせつ》は免《まぬが》れた。医務室《いむしつ》に運《はこ》ばれたが、救護班《きゅうごはん》が観客《かんきゃく》の対応《たいおう》をしている隙《すき》に、白骨団長《はっこつだんちょう》の着《き》ぐるみから抜《ぬ》け出《だ》したんだ」

「なんで逃《に》げたんですか？」

櫂《かい》は眉《まゆ》を寄《よ》せた。

「ぼくが団長《だんちょう》の身代《みが》わりをしていたことは、関係者以外《かんけいしゃいがい》には秘密《ひみつ》だった。そして何《なに》より、自分《じぶん》のミスで観客《かんきゃく》にけがをさせたことをとがめられることを、恐《おそ》れたんだと思《おも》う」

杉浦《すぎうら》は当時《とうじ》の自分《じぶん》の気持《きも》ちを正直《しょうじき》に話《はな》した。

「いまの話《はなし》、これまでだれかにしましたか？」

礼司《れいじ》は聞《き》いた。

「きみらが初《はじ》めてだ」

「なんでおれらに話《はな》したんですか？」

櫂《かい》が聞《き》くと、杉浦《すぎうら》は答《こた》えた。

「その団長《だんちょう》は偽者《にせもの》だからだよ」

杉浦《すぎうら》は団長《だんちょう》の頭《あたま》を指差《ゆびさ》していた。

「転落事故《てんらくじこ》の日《ひ》から、ぼくは団長《だんちょう》と連絡《れんらく》が取《と》れていない。たぶんもう亡《な》くなられている。それほど団長《だんちょう》の病《やまい》は重《おも》かった。確《たし》かに声《こえ》は似《に》ている、しかしそいつは偽者《にせもの》だと、ぼくは確信《かくしん》している。忠告《ちゅうこく》はしたぞ」

杉浦《すぎうら》はそう言《い》い残《のこ》すと、水飲《みずの》み場《ば》を後《あと》にした。

「津島《つしま》はいまの話《はなし》、どう思《おも》った？」

杉浦《すぎうら》の姿《すがた》が見《み》えなくなると櫂《かい》は礼司《れいじ》にたずねた。

「良《よ》くできた話《はなし》だとは思《おも》う。ただあの人《ひと》は、幽霊《ゆうれい》サーカスの団長《だんちょう》の後《あと》を継《つ》ごうとした人《ひと》だろう？　だから、ベロベロ先生《せんせい》が前《まえ》に出《で》すぎているいまの状況《じょうきょう》が、きっとおもしろくないんだよ」

「なるほど。やっぱり津島《つしま》はかしこいな」

櫂《かい》は、深《ふか》く息《いき》を吐《は》いた。

「まあおれは、いまの団長《だんちょう》が教《おし》えてくれる技術《ぎじゅつ》は全部本物《ぜんぶほんもの》だと思《おも》ってる。だから本人《ほんにん》であろうとなかろうと関係《かんけい》ないや」

時計《とけい》を見《み》た礼司《れいじ》が、ユトリに声《こえ》をかけた。

「そろそろ行《い》った方《ほう》がいいんじゃないか？」

集合時間《しゅうごうじかん》まで、あと二十分《ぶん》ほどだ。

「じゃあ、行《い》ってくるね」

礼司《れいじ》と櫂《かい》に見送《みおく》られながら、ユトリはオーディション会場《かいじょう》に向《む》かった。

「番号順《ばんごうじゅん》に並《なら》んでくださ～い」

リストをはさんだバインダーを持《も》ったお姉《ねえ》さんが、受験生《じゅけんせい》を整列《せいれつ》させた。

今回選《こんかいえら》ばれる役《やく》、パッチは少年《しょうねん》である。しかしオーディションを受《う》けるのは、少年《しょうねん》ばかりではない。むしろ女子《じょし》の方《ほう》が多《おお》いくらいだった。それどころか、中《なか》には半《はん》ズボンをはいたおじさんもいる。

オーディションでは、おのおの曲芸《きょくげい》を披露《ひろう》することが必須《ひっす》で、そのための道具《どうぐ》は持《も》ち込《こ》みが許可《きょか》されていた。

お手玉《てだま》、一輪車《いちりんしゃ》、縄跳《なわと》び、バトンなどなど、みんなさまざまな物《もの》を抱《かか》えている。

五名《めい》ずつ順番《じゅんばん》に、三人《にん》の審査員《しんさいん》たちが待つ部屋《へや》の中《なか》に呼《よ》ばれる。

七十番台後半《ばんだいこうはん》の、半《はん》ズボンのおじさんが中《なか》に入《はい》った。

いよいよ次《つぎ》が自分《じぶん》の番《ばん》である。

ユトリはのどがカラカラだ。

「八十一番《ばん》から八十五番《ばん》の方《かた》、中《なか》へどうぞ」

「ハイ！」

ユトリは、勢《いきお》いよく立《た》ち上《あ》がった。

審査員《しんさいん》は、舞台監督《ぶたいかんとく》の小林《こばやし》と、十年前《ねんまえ》にパッチ少年《しょうねん》を演《えん》じ、いまや、かなりきれいなお姉《ねえ》さんに成長《せいちょう》した正木《まさき》ミオ、そして最後《さいご》の一人《ひとり》は白骨団長《はっこつだんちょう》、の頭《あたま》だった。頭《あたま》だけが机《つくえ》の上《うえ》に乗《の》っている。

うっそ～、なんで頭《あたま》だけここにいるの？

ユトリは、目《め》をぱちくりさせた。

まず、自己紹介《じこしょうかい》してから曲芸披露《きょくげいひろう》である。

前《まえ》の四人《にん》はそつなくこなし、五人目《にんめ》がユトリだ。

「八十五番《ばん》、橋本《はしもと》ユトリ、空飛《そらと》びます」

「……」

「えっ？」

正木《まさき》ミオの目《め》が点《てん》になった。

「いま飛《と》んでます、飛《と》んでます」

「えっ？　えっ？」

微動《びどう》だにしていないユトリに、ミオはどう対処《たいしょ》したものか、かなり迷《まよ》っている。

「これは、なかなかの技《わざ》ですね」

いきなり白骨団長《はっこつだんちょう》の頭《あたま》が反応《はんのう》した。

団長《だんちょう》の声《こえ》が口元《くちもと》のスピーカーから聞《き》こえてくる。

「えっ？　どこが？」

ミオは理由《りゆう》がわからず、その場《ば》で立《た》ち上《あ》がった。

「良《よ》く見《み》ろ。床《ゆか》から二、三ミリ浮《う》いてるじゃないか」

舞台監督《ぶたいかんとく》の小林《こばやし》も言《い》った。

「そんなバカな」

ミオは、ユトリの足元《あしもと》まで近《ちか》づいてくると、しゃがみこんだ。

「うそっ、やば、本当《ほんとう》にちょっとだけ浮《う》いてる」

ミオは、びっくりしてユトリの顔《かお》を見上《みあ》げた。

「ミオも成長《せいちょう》したかと思《おも》ったけど、まだまだだな」

小林《こばやし》は肩《かた》をすくめた。

「勉強不足《べんきょうぶそく》でスミマセン」

ミオはまだ納得《なっとく》いかないような表情《ひょうじょう》で頭《あたま》を下《さ》げた。

「浮遊《ふゆう》ハンマーですね」

白骨団長《はっこつだんちょう》は言《い》った。

「はい。魔《ま》法教室《ほうきょうしつ》の先生《せんせい》からもらいました」

「だとしても、こんなにすんなり浮《う》ける人《ひと》もめずらしいですよ」

小林《こばやし》は感心《かんしん》している。
「確《たし》かに」
団長《だんちょう》も認《みと》めた。
好《こう》・感《かん》・触《しょく》!
これは主役《しゅやく》、いけたんじゃないの。
数日後《すうじつご》、ユトリの元《もと》に合格通知《ごうかくつうち》が届《とど》いた。
残念《ざんねん》ながら、主役《しゅやく》のパッチ少年《しょうねん》ではなかった。
ユトリにあてがわれた役《やく》は、パイタンメンという名《な》のキョンシーだった。

その10 よみがえるお化《ば》けたち

けたたましいクラクションがいっせいに鳴《な》り響《ひび》いた。サーカスパレードのスタートだ。

幽霊《ゆうれい》サーカス復活祭《ふっかつさい》の日程《にってい》が決《き》まり、スクールの北側《きたがわ》に広《ひろ》がる操車場《そうしゃじょう》の跡地《あとち》に、サーカスのテント小屋《ごや》が建《た》てられた。

今日《きょう》は、サーカス団《だん》のお披露目《ひろめ》と宣伝《せんでん》を兼《か》ねて、パレード部隊《ぶたい》がテント前《まえ》の広場《ひろば》からそのまま外《そと》へ繰《く》り出《だ》し、街《まち》を一周《しゅう》するのだ。

ベロベロが運転《うんてん》する黄色《きいろ》いオープンカーに乗《の》った白骨団長《はっこつだんちょう》を先頭《せんとう》に、スクールの音《おん》楽部《がくぶ》からかき集《あつ》めたゾンビの鼓笛隊《こてきたい》メンバーが太鼓《たいこ》をたたき、笛《ふえ》を吹《ふ》きながら、パレードを盛《も》り上《あ》げる。

着《き》ぐるみスターたちが、本番《ほんばん》と同《おな》じ衣装《いしょう》で軽《かる》く曲芸《きょくげい》を披露《ひろう》すると、道行《みちゆ》く人《ひと》たちはスマホを片手《かたて》に写真《しゃしん》を撮《と》りまくり、その情報《じょうほう》はまたたく間《ま》に拡散《かくさん》された。

その後《あと》に続《つづ》く、骸骨衣装《がいこついしょう》で着飾《きかざ》った動物《どうぶつ》たちの登場《とうじょう》で、街行《まちゆ》く人々《ひとびと》は沸《わ》き立《た》った。

ゾウのモモちゃんから始《はじ》まり、猛獣貨車《もうじゅうかしゃ》のサーカストラックには、トラのリュービとコーメイに、クマのタケシ。続《つづ》いて、ウマが四頭《とう》、サルが三匹《びき》、イヌが八匹《ぴき》。

動物園《どうぶつえん》や牧場《ぼくじょう》、国立公園《こくりつこうえん》など、いままで預《あず》けられていたさまざまな場所《ばしょ》から里帰《さとがえ》りした動物《どうぶつ》や、新《あたら》しく仲間入《なかまい》りした動物《どうぶつ》たちの行列《ぎょうれつ》で、街《まち》はまるで幽霊《ゆうれい》リーカスのテーマパークになってしまったかのようだ。

「はあ？　おまえ本番出《ほんばんで》ないの？」

オープンカーを運転《うんてん》するベロベロが、白骨団長《はっこつだんちょう》の衣装《いしょう》で見物客《けんぶつきゃく》に手《て》を振《ふ》る櫂《かい》にたずねた。

「出《で》ないんじゃなくて、出《で》られないの」

櫂《かい》はぶうたれた。

「小学生《しょうがくせい》に危険《きけん》なことをさせるなと、圧力団体《あつりょくだんたい》が押《お》しかけてきたんです。だから、このパレードくらいしか櫂《かい》の出番《でばん》はありません」

着《き》ぐるみの口元《くちもと》のスピーカーから団長《だんちょう》の声《こえ》がして、話《はなし》を補足《ほそく》した。

「そんなもの、無視《むし》すりゃいいでしょ」

ベロベロは、さも当然《とうぜん》だと言《い》わんばかりだ。

「そうもいきません。やつらの言《い》い分《ぶん》も一理《いちり》あるだけに、目《め》をつけられたら最後《さいご》。強行《きょうこう》するなら入《い》り口《ぐち》をふさいですわり込《こ》むって勢《いきお》いでしたよ」

「しかし、ほかにも小学生《しょうがくせい》は出演《しゅつえん》しますよね？」

「そうなんですが、目立《めだ》っている櫂《かい》だけ狙《ねら》い撃《う》ちです」

団長《だんちょう》は答《こた》えた。

「じゃあ結局《けっきょく》、団長役《だんちょうやく》は杉浦《すぎうら》ですか？」

ベロベロは不満《ふまん》げだ。

「そういうことです」

「どうせ、あいつがそいつらに持《も》ちかけたんだろ」

ベロベロは、腹《はら》の虫《むし》がおさまらないようだ。

「大人《おとな》のくせに、実力《じつりょく》で敵《かな》わないからって、やり方《かた》がせこいんだよな」

いまではもう、技《わざ》のキレ、ポーズの決《き》め方《かた》、客《きゃく》へのアピール、すべてにおいて櫂《かい》の方《ほう》が勝《まさ》っていた。ベロベロがぐちるのも当然《とうぜん》である。

「よーござんす。あっちがその手《て》で来《く》るなら、こっちにも考《かんが》えがありますよ」

「いったいどうするんです？」

「とりあえず団長《だんちょう》は、本番《ほんばん》であいつのサポートをいっさいしないでください。まずは、やつに自分《じぶん》の力量《りきりょう》がどの程度《ていど》かを思《おも》い知《し》らせてやりましょう」

ベロベロは、パレードが終《お》わると、各方面《かくほうめん》に連絡《れんらく》を取《と》りまくった。

待《ま》ちに待《ま》った、幽霊《ゆうれい》サーカス復活祭《ふっかつさい》の日《ひ》がやってきた。

テント小屋《こや》の前《まえ》には、ステージ内《ない》の様子《ようす》が見《み》られる大型《おおがた》ビジョンが設置《せっち》された。

会場《かいじょう》へ向《む》かう通《とお》りには、昼間《ひるま》から屋台《やたい》が軒《のき》を並《なら》べ、射的《しゃてき》ゲームや、金魚《きんぎょ》すくいなどに興《きょう》じる家族連《かぞくづ》れなどで賑《にぎ》わい、さながら縁日《えんにち》のようである。

曲芸師《きょくげいし》たちはあちこちに立《た》って、ジャグリングを披露《ひろう》したり、玉乗《たまの》りでおどけて笑《わら》わせたり、トランプマジックでおどろかせたり、チケットのない者《もの》たちにも楽《たの》しめるようなアトラクションが、ふんだんに用意《ようい》されているのだ。

「サーカスって、こんなに楽《たの》しいの!?」

ユトリは屋台《やたい》で買《か》ったりんご飴《あめ》をかじりながら、はしゃぎっぱなしだ。

正直《しょうじき》、礼司《れいじ》も同感《どうかん》だ。礼司《れいじ》もサーカスを見《み》るのは初《はじ》めてだった。

テレビ局《きょく》のカメラが何台《なんだい》も入《はい》っている。

インタビューを受《う》けている人《ひと》たちは、みんな笑顔《えがお》で楽《たの》しそうだ。

キョンシー役《やく》で出演予定《しゅつえんよてい》のあるユトリは、早《はや》めに会場《かいじょう》の関係者口《かんけいしゃぐち》へ向《む》かった。

調《しら》べてみると、キョンシーとは、両手《りょうて》を前《まえ》に突《つ》き出《だ》し、両足《りょうあし》をそろえたまま、ぴょんぴょん飛《と》びながら襲《おそ》ってくる、中国《ちゅうごく》のお化《ば》けらしい。

「どんな感《かん》じか、ちょっとやってみせてくれないか?」

「そんなの見《み》てのお楽《たの》しみだよ」

ユトリは舌《した》を出《だ》してから、先《さき》に会場《かいじょう》へ入《はい》っていった。

礼司《れいじ》は入《い》り口《ぐち》ゲート付近《ふきん》の売店《ばいてん》をのぞいてみる。

おっ、あのライト売《う》ってるじゃん。

以前《いぜん》はただで子《こ》どもたちに配《くば》っていたという、ゴーストブラックライトが、「ネオゴーストブラックライト」になって三千円《えん》の値《ね》が付《つ》けられていた。

それでもゴーストブラックライトは売《う》れていた。しかも飛《と》ぶようにである。

夕闇《ゆうやみ》がせまり、開場時間《かいじょうじかん》になった。

チケット代《だい》は、強気《つよき》の金額《きんがく》に設定《せってい》されたが、当時《とうじ》、テレビ番組《ばんぐみ》のタイアップで幽霊《ゆうれい》サーカス団《だん》に弟子《でし》入《い》りしていたアイドルグループのBB7《ビービーセブン》が、この日《ひ》だけ再結成《さいけっせい》され、一曲披露《きょくひろう》するとアナウンスされたこともあり、即日完売《そくじつかんばい》してしまったらしい。

ベロベロは、こんなことならもっと高《たか》くするんだったと、かなりくやしがっていたらしい。

思《おも》うに、ベロベロは目《め》いっぱい人《ひと》を楽《たの》しませて、お金《かね》をたっぷり稼《かせ》ぐのが大好《だいす》きなのだ。

布《ぬの》と数十本《すうほん》の柱《はしら》とロープを使《つか》ってつくられたテント小屋《ごや》は、どこか頼《たよ》りなく、まともじゃない別世界《べっせかい》に紛《まぎ》れ込《こ》んだかのように感《かん》じる。わくわくするような、そわそわするような、自分《じぶん》でもよくわからない、変《へん》な気分《きぶん》だった。

礼司《れいじ》のチケットには、『招待《しょうたい》』の文字《もじ》が印刷《いんさつ》してあった。

ベロベロが用意《ようい》してくれた席《せき》だ。ほかのシートの値段《ねだん》を聞《き》いたら目玉《めだま》が飛《と》び出《で》るような金額《きんがく》だったので申《もう》し訳《わけ》ない気持《きも》ちになった。

座席表《ざせきひょう》を見《み》て自分《じぶん》の席《せき》へ向《む》かうと、武井《たけい》の姿《すがた》が見《み》えた。どうやら武井《たけい》の席《せき》のとなりらしい。

「おじゃまします」

礼司《れいじ》は挨拶《あいさつ》してから席《せき》についた。

「あれ」

背《せ》もたれに体重《たいじゅう》をかけると、後《うし》ろに倒《たお》れ込《こ》んでいく。

「プラネタリウムみたいですよね」

武井《たけい》はニコッとした。

リクライニングシートである。空中《くうちゅう》パフォーマンスが中心《ちゅうしん》となるこのサーカスは、座席《ざせき》も上《うえ》を向《む》くようになっているのだ。

「どうぞ。受《う》け取《と》って」

ネオゴーストブラックライトだ。

どうやら武井《たけい》さん、買《か》っちゃったらしい。

「ダメですよ。武井《たけい》さんはどうするんですか？」

「大丈夫《だいじょうぶ》です。わたしには礼司《れいじ》くんにもらったオリジナルがあるもの」

武井《たけい》はなんだか、うれしそうだ。

この会場《かいじょう》で、〝オリジナル持《も》ち〟は、結構《けっこう》なステイタスになるらしい。

「じゃあ、この公演《こうえん》の間《あいだ》だけお借《か》りします」

礼司《れいじ》は遠慮《えんりょ》なく、受《う》け取《と》ることにした。

そうこうしているうちに、反対側《はんたいがわ》のとなりの座席《ざせき》にも客《きゃく》が入《はい》ってきた。

「いいかしら」

要《かなめ》ミヤコだ。

今日《きょう》は洋装《ようそう》で、白《しろ》い髪《かみ》をおろしている。

「あっ、その節《せつ》はどうも……」

「緊張《きんちょう》しなくてもいいわよ。こそ泥《どろ》くん」

緊張《きんちょう》するなと言《い》われても絶対《ぜったい》に無理《むり》だ。

「いったい、どうやったの？」

ミヤコは座席《ざせき》に着《つ》くと、こちらを見《み》ることなく礼司《れいじ》にたずねた。

つまり井戸《いど》の糸《いと》をどうやって切《き》ったのかってことだな。

「とてもめずらしい、特殊《とくしゅ》な道具《どうぐ》を使《つか》ったんです」

そうとしか説明《せつめい》のしようがない。

「今度《こんど》くわしく聞《き》かせてもらうわよ」

ミヤコは横目《よこめ》で、礼司《れいじ》の顔《かお》をチラ見《み》した。

「はい……」

と答《こた》えたが、あとは櫂《かい》に任《まか》せよう。

やがて、注意事項《ちゅういじこう》のアナウンスがあり、すべての照明《しょうめい》が落《お》ちた。

「グッドイブニング・エブリワン！」

暗闇《くらやみ》の中《なか》で、ステージの上空辺《じょうくうあた》りから、何《なに》かが声《こえ》を張《は》り上《あ》げた。

「各種《かくしゅ》ゴーストライトをお持《も》ちの方々《かたがた》は、スイッチをオンにしていただけますよう」

会場内《かいじょうない》のそこかしこから、カチャカチャと、ライトの電源《でんげん》を入《い》れる音《おと》が聞《き》こえてくる。

礼司《れいじ》も武井《たけい》に借《か》りたライトを、声《こえ》のする方向《ほうこう》へかざした。

大勢《おおぜい》の観客《かんきゃく》からのライトに照《て》らされ、青白《あおじろ》く光《ひか》る不気味《ぶきみ》なカエルの姿《すがた》が浮《う》かび上《あ》がった。

「ベロ！　ベロ！　ベロ！　ベロ！　ベロ！」

観客《かんきゃく》からの声援《せいえん》がそこら中《じゅう》から響《ひび》いてきた。

「このたび、ベロベロ改《あらた》め、このクロベロが、前説《まえせつ》の大役《たいやく》を承《うけたまわ》りましたベロ」

「クロベロ〜！」

「黒部《くろべ》シロ〜！」

「クロベロ〜！」

クロベロへの声援《せいえん》の中《なか》で、明《あき》らかにベロベロの本名《ほんみょう》を叫《さけ》んでるやつがいる。

あの声《こえ》は、まちがいなくユトリだ。

舞台袖《ぶたいそで》からでも叫《さけ》んでいるのだろう。

後《あと》で叱《しか》られても知《し》らん。

「正直《しょうじき》な話《はなし》、チケット代《だい》はちょっと、ほんの少《すこ》しだけ、高《たか》いかな〜と思《おも》ったでベロが、即日完売《そくじつかんばい》、恐悦至極《きょうえつしごく》に存《ぞん》じ奉《たてまつ》りまするベロ〜！」

ベロベロはそう言《い》って、蛍光《けいこう》ピンクの長《なが》い舌《した》を、吹《ふ》き戻《もど》し笛《ぶえ》のように五メートルくらい前《まえ》にぴ――――っとのばした。

「よく考《かんが》えたら十年《ねん》たってみんな大人《おとな》になっていたベロ。だったらまだ売《う》れ残《のこ》っているベロベログッズを大人買《おとなが》いするでベロ。もしかするとBB7《ビービーセブン》メンバーの直筆《じきひつ》サイン入《い》りが紛《まぎ》れ込《こ》んでるかもしれないでベロ〜」

「絶対《ぜったい》に入《はい》ってないから、信《しん》じちゃダメだぞー！」

BB7《ビービーセブン》のメインボーカルのマサルが、ゲートからちょっとだけ顔《かお》を出《だ》して叫《さけ》ぶと、そこかしこから黄色《きいろ》い声援《せいえん》が飛《と》んだ。

「ま、冗談《じょうだん》はさておき。ベロのありがたい話《はなし》はこのくらいにして。さあ。幽霊《ゆうれい》サーカス復活祭《ふっかつさい》、開幕《かいまく》でベロ〜〜!!」

ベロベロが、目《め》をビカビカ光《ひか》らせると、ドーーンっとそこら中《じゅう》から火柱《ひばしら》が上《あ》がった。

そこから、真《ま》っ赤《か》に煮《に》えたぎるマグマが流《なが》れ出《だ》し、次第《しだい》にステージを埋《う》め尽《つ》くしていく。

いつの間《ま》にか、ベロベロは姿《すがた》を消《け》し、ステージの中心《ちゅうしん》に残《のこ》されている小《ち》さな岩場《いわば》に少年《しょうねん》が立《た》っている。

彼《かれ》の名《な》はパッチ。

その半分《はんぶん》溶《と》けかかった岩場《いわば》はぐらついて、パッチはいまにもバランスを崩《くず》し、マグマの海《うみ》にしずみそうだ。

そんな彼《かれ》の前《まえ》に骸骨男《がいこつおとこ》が現《あらわ》れた。

骸骨男《がいこつおとこ》が一歩《いっぽ》踏《ふ》み出《だ》すごとに、足《あし》に火《ひ》がつき、黒《くろ》い煙《けむり》が吹《ふ》き上《あ》がる。

「助《たす》けてやろう。手《て》をのばせ」

骸骨男《がいこつおとこ》は言《い》った。

「いやだ。おまえは死神《しにがみ》だろ！」

少年《しょうねん》はつっぱねる。

「そんなたいそうなものではないさ」

骸骨男《がいこつおとこ》は、少年《しょうねん》がマグマの中《なか》に落《お》ちるせつな、彼《かれ》の腕《うで》をつかんで真《ま》っ暗《くら》な空《そら》に舞《ま》い上《あ》がった。

「あの声《こえ》、団長《だんちょう》の声《こえ》とちがう」

礼司《れいじ》の後方《こうほう》で、だれかのささやき声《ごえ》が聞《き》こえた。

「うそ。別人《べつじん》？　ないわー」

「え、大丈夫《だいじょうぶ》なの？」

観客《かんきゃく》のボヤキがざわざわと聞《き》こえてくる。

礼司《れいじ》も不満《ふまん》だった。

なんで櫂《かい》と団長《だんちょう》にやらせないんだ。

「なんで何《なに》もしゃべらない？」

柱《はしら》の上《うえ》にある控《ひか》えスペースにいる杉浦《すぎうら》は、着《き》ぐるみの中《なか》でブチ切《ぎ》れていた。

着《き》ぐるみのスピーカーとマイクを通《とお》して、団長《だんちょう》の声《こえ》が観客席《かんきゃくせき》に届《とど》くはずだった。

しかし、さっきからずっと沈黙《ちんもく》しているために、杉浦《すぎうら》が自分《じぶん》で声《こえ》を出《だ》さなければならない。

「杉浦《すぎうら》さん、何《なに》かトラブルですか？」

パッチ役《やく》の横山《よこやま》が、杉浦《すぎうら》を心配《しんぱい》そうに見上《みあ》げている。

「スピーカーが故障《こしょう》したかもしれない。いったん楽屋《がくや》に戻《もど》ろう」

「だって、すぐ出番《でばん》ですよ」

横山《よこやま》も、不安《ふあん》で目《め》が泳《およ》いでいる。

杉浦《すぎうら》が、どうしたものかと辺《あた》りを見《み》まわすと、反対側《はんたいがわ》の柱《はしら》にもう一人《ひとり》の白骨団長《はっこつだんちょう》が立《た》っていた。

そいつは、こっちに変《か》われと合図《あいず》を出《だ》している。

そうか。あれが本物《ほんもの》の白骨団長《はっこつだんちょう》の着《き》ぐるみか。

杉浦《すぎうら》は唇《くちびる》を噛《か》んだ。

そう言《い》えばいつかベロベロが、精巧《せいこう》なレプリカを自費《じひ》でつくったと自慢《じまん》していたのを思《おも》い出《だ》した。

「ちくしょう、あいつら、はめやがったな」

白骨団長《はっこつだんちょう》にそっくりなあの声《こえ》も、所詮《しょせん》は偽物《にせもの》だ。最初《さいしょ》から当《あ》てにはしていない。

こうなったら、自分《じぶん》の力《ちから》だけでやるしかない。

杉浦《すぎうら》は意《い》を決《けっ》して、再《ふたた》び横山《よこやま》とともに、空中《くうちゅう》へ飛《と》び出《だ》した。

おとぼけゾンビが支配《しはい》する動物墓場《どうぶつはかば》のシーン。

さまざまな動物《どうぶつ》のゾンビがさすらう不思議《ふしぎ》な世界《せかい》。

襲《おそ》いかかるゾンビの障害物《しょうがいぶつ》を避《よ》けながら、アクロバティックな技《わざ》を見《み》せる。白骨団《はっこつだん》長《ちょう》、最初《さいしょ》の見《み》せ場《ば》だ。

空中《くうちゅう》で襲《おそ》いかかってくる、骸骨《がいこつ》がむき出《だ》しになったゾウゾンビの振《ふ》り上《あ》げた鼻《はな》を避《よ》けながら、その股《また》の下《した》をスムーズにくぐった。

すぐに糸《いと》を持《も》ち替《か》え、横山《よこやま》の手《て》を取《と》ってサルゾンビの群《む》れを蹴散《けち》らした。

うまくいっている。我《われ》ながら上出来《じょうでき》だ。
ところが観客《かんきゃく》はみな、ちがう方向《ほうこう》を向《む》いて、別《べつ》の演技《えんぎ》に魅了《みりょう》されていた。
杉浦《すぎうら》が首《くび》を巡《めぐ》らすと、もう一人《ひとり》の白骨団長《はっこつだんちょう》が、自分《じぶん》より大胆《だいたん》で優雅《ゆうが》に空《そら》を舞《ま》ってい
た。しかも、まったくプログラムにない新《あたら》しいパフォーマンスだ。
「杉浦《すぎうら》さん、前《まえ》！」
横山《よこやま》が叫《さけ》んだ。
気《き》づくと骸骨馬《がいこつうま》が目《め》の前《まえ》だ。このままではぶつかってしまう。
杉浦《すぎうら》は、あわててフックをゆるめ、糸《いと》を下《した》に滑《すべ》らせた。なんとか骸骨馬《がいこつうま》にぶつかる
のだけは回避《かいひ》できたが、横山《よこやま》を下《した》に落《お》としてしまった。
まずい、このままだと横山《よこやま》がステージの上《うえ》で宙《ちゅう》ぶらりんになってしまう。
すると、もう一人《ひとり》の白骨団長《はっこつだんちょう》がテントすれすれの大外《おおそと》からアメリカのクモのヒーロ
ーみたいに、長《なが》くのびた糸《いと》を手《て》に持《も》って、大《おお》きな弧《こ》を描《えが》くように宙《ちゅう》を舞《ま》った。白骨団《はっこつだん》
長《ちょう》は観客《かんきゃく》の頭《あたま》をかすめるほど低空《ていくう》から横山《よこやま》をキャッチすると、その勢《いきお》いのまま大《おお》きく
舞《ま》い上《あ》がり、ゾウゾンビの背中《せなか》の上《うえ》に着地《ちゃくち》した。

観客《かんきゃく》は大喝采《だいかっさい》。

テント内《ない》には団長《だんちょう》コールが鳴《な》り響《ひび》く。

杉浦《すぎうら》は、なんとか骸骨馬《がいこつうま》の背中《せなか》にしがみついた。そこへブラックライトの照明《しょうめい》が向《む》けられると「ドッペルゲンガー」の文字《もじ》が浮《う》かび上《あ》がった。

要《よう》するに偽者《にせもの》ということだ。

ショーの続《つづ》きは、もう一人《ひとり》の白骨団長《はっこつだんちょう》に全部持《ぜんぶも》っていかれてしまった。

もう自分《じぶん》を気《き》にする観客《かんきゃく》はだれもいない。

杉浦《すぎうら》は空中《くうちゅう》を舞《ま》う骸骨馬《がいこつうま》の上《うえ》で深《ふか》いため息《いき》をついた。

どうして、こうなってしまったんだ?

「あなたはまちがいなく逸材《いつざい》でしたよ」

その時《とき》、杉浦《すぎうら》の耳元《みみもと》で団長《だんちょう》の声《こえ》がそう言《い》った。着《き》ぐるみの中《なか》のスピーカーから聞《き》こえてくる。

「団長《だんちょう》は、本当《ほんとう》にあの団長《だんちょう》なんですか?」

杉浦《すぎうら》は我《われ》ながらバカなことを聞《き》いた、と思《おも》った。

「そうですよ」

団長《だんちょう》はまともに答《こた》えた。

「いや、そんなはずはない。あのころ、もうあれだけ体《からだ》が悪《わる》かったのに、いま生《い》きているはずがない」

「だったらそういうことです」

「それは団長《だんちょう》が幽霊《ゆうれい》ってことですか？」

「あなたがわたしの着《き》ぐるみに御札《おふだ》を貼《は》ったせいで、化《ば》けて出《で》るのにしばらく時間《じかん》がかかりましたよ」

団長《だんちょう》は怖《こわ》いことを言《い》った。

二代目団長《だいめだんちょう》を継《つ》ぎ、白骨団長《はっこつだんちょう》の着《き》ぐるみの中《なか》に入《はい》るたびに、ぼそぼそと何《なに》かを話《はな》すような幻聴《げんちょう》が聞《き》こえるようになった。祟《たた》られていると思《おも》い、着《き》ぐるみのお祓《はら》いをしてもらったことを杉浦《すぎうら》は思《おも》い出《だ》した。御札《おふだ》はその時《とき》に貼《は》ってもらったものだ。

「すみません。ぼくにとって、団長《だんちょう》の身代《みが》わりは過《す》ぎた役目《やくめ》でした。ただ団長《だんちょう》のふりをして、演技《えんぎ》をしていただけだというのに、身《み》の丈《たけ》に合《あ》わない喝采《かっさい》を受《う》け、勘《かん》ちがいしてしまった」

気《き》づいたら杉浦《すぎうら》は、泣《な》きながら謝《あやま》っていた。

「よく知《し》らないやつらに、自分《じぶん》のことを団長本人《だんちょうほんにん》だと勘《かん》ちがいさせるのは簡単《かんたん》だったんです。団長《だんちょう》は顔《かお》に火傷《やけど》があって、顔《かお》を隠《かく》していることは有名《ゆうめい》だったので、同《おな》じ格好《かっこう》をしてなりすませば良《よ》かった。やがて悪《わる》い遊《あそ》びを覚《おぼ》えると、裏社会《うらしゃかい》の連中《れんちゅう》から多額《たがく》の借金《しゃっきん》までしてしまいました」

団長《だんちょう》の幽霊《ゆうれい》はどう思《おも》っているのか、ただだまっていたが、杉浦《すぎうら》は、胸《むね》の内《うち》を話《はな》し始《はじ》めたら止《と》まらなくなってしまった。

「そんな連中《れんちゅう》から借金《しゃっきん》をチャラにする代《か》わりに、ミヤコの糸《いと》の横流《よこなが》しを持《も》ちかけられたんです。糸《いと》をわたすと、とんでもない金額《きんがく》で引《ひ》き取《と》ってくれました。新《あたら》しい演技《えんぎ》プランに必要《ひつよう》だと言《い》ってミヤコさんに頼《たの》めば、糸《いと》はいくらでも手《て》に入《はい》る。ああ、これでなんとかなると思《おも》いました」

「糸《いと》を持《も》ち出《だ》したのはあなたでしたか……。あの日《ひ》、密輸業者《みつゆぎょうしゃ》の押収品《おうしゅうひん》の中《なか》に井戸《いど》の糸《いと》が見《み》つかったとミヤコさんから連絡《れんらく》がありました。流出元《りゅうしゅつもと》は幽霊《ゆうれい》サーカスだと、ひどく失望《しつぼう》されていましたね」

悲《かな》しげに団長《だんちょう》は言《い》った。

「ぼくは団長《だんちょう》がいなくなったのをいいことに、自分《じぶん》が行《おこな》った罪《つみ》の全部《ぜんぶ》を団長《だんちょう》に押《お》しつけてしまいました。そんな人間《にんげん》が今度《こんど》は、小学生《しょうがくせい》を相手《あいて》に卑怯《ひきょう》な手《て》まで使《つか》い、団長《だんちょう》役《やく》を奪《うば》った。さぞかし頭《あたま》にきたことでしょうね」

「そうですね。でも下《した》を見《み》てごらんなさい、あの観客《かんきゃく》たちの楽《たの》しげな顔《かお》。これまでに何《なに》があろうと、結果《けっか》これに到達《とうたつ》できれば我々《われわれ》はすべて良《よ》しなんです」

「とんだ引《ひ》き立《た》て役《やく》でしたけど……」

「いえ、大《たい》した引《ひ》き立《た》て役《やく》でしたよ」

ほめられて杉浦《すぎうら》は心底《しんそこ》うれしかった。それは忘《わす》れていた感情《かんじょう》だった。

「ミヤコさんにも謝《あやま》らなくてはなりません。ミヤコさん、許《ゆる》してくれるでしょうか？」

「この会話《かいわ》は、ワイヤレスイヤホンでミヤコさんの耳《みみ》にも届《とど》いています。直接《ちょくせつ》謝《あやま》るといい。S《エス》列《れつ》の十二番《ばん》シートです」

杉浦《すぎうら》は骸骨馬《がいこつうま》から飛《と》び降《お》りると、糸《いと》を使《つか》ってふわっとステージに着地《ちゃくち》した。そしてミヤコのシートまで駆《か》け寄《よ》るとひざまずき頭《あたま》を深《ふか》く下《さ》げた。

「糸《いと》を持《も》ち出《だ》したのはぼくです。団長《だんちょう》も団員《だんいん》たちもみんな何《なに》も関係《かんけい》ありません。すべてぼくが行《おこな》ったことです。もし刑務所《けいむしょ》に行《い》けというならそうします。弁償《べんしょう》しろというのなら働《はたら》いて返《かえ》します。ほかに何《なに》か償《つぐな》える方法《ほうほう》があるなら、おっしゃってください」

「一流《いちりゅう》の軽業師《かるわざし》になりなさい。そしてわたしを楽《たの》しませなさい」

ミヤコはそう答《こた》えた。

「承知《しょうち》した！」

間髪《かんはつ》入《い》れず団長《だんちょう》の声《こえ》が外《そと》スピーカーから勝手《かって》に叫《さけ》んだ。

杉浦《すぎうら》はみんなのやさしさに目《め》の前《まえ》がかすんでしまった。


礼司《れいじ》にはわからなかった。

最初《さいしょ》からこういう演出《えんしゅつ》だったのだろうか？

いきなり偽団長《にせだんちょう》がミヤコの席《せき》の前《まえ》でひざまずくと、何《なに》かをしゃべっているようだったが、となりの席《せき》の礼司《れいじ》にすら内容《ないよう》はまったく聞《き》こえなかった。

それに答《こた》えたミヤコに、返《かえ》した声《こえ》はまちがいなく団長《だんちょう》の声《こえ》だった。

結局《けっきょく》、だれがだれやらまったくわからない。

礼司《れいじ》が首《くび》をかしげていると、

「それでいいのよ」

とミヤコは楽《たの》しそうだった。

ユトリのキョンシーは、観客《かんきゃく》の頭《あたま》の二ミリだけ上《うえ》を、ぴょんぴょんと飛《と》びまわり、会場中《かいじょうじゅう》を沸《わ》かせていた。

赤目《あかめ》のボブは、狙《ねら》いすましたかのように武井《たけい》の目《め》の前《まえ》に落《お》ちてきたが、悲鳴《ひめい》を上《あ》げた彼女《かのじょ》にひっぱたかれる寸前《すんぜん》で、空《そら》の闇《やみ》へと消《き》えた。

細《ほそ》くて、とても長《なが》い脚《あし》で観客《かんきゃく》たちの間《あいだ》を歩《ある》きまわる脚長幽霊《あしながゆうれい》。

空《そら》に浮《う》かんだ水玉《みずたま》の中《なか》で暮《く》らす深海人魚《しんかいにんぎょ》。

人形使《にんぎょうづか》い師《し》、千手観音《せんじゅかんのん》スパイダー。

白骨団長《はっこつだんちょう》とパッチ少年《しょうねん》はさまざまな悪霊《あくりょう》や妖怪《ようかい》たちと戦《たたか》い、倒《たお》し、仲間《なかま》にし、それぞれの技《わざ》で魔王《まおう》に挑《いど》み、粉砕《ふんさい》した。

すべてが終《お》わると、空中《くうちゅう》に浮《う》かぶ白骨団長《はっこつだんちょう》から、足《あし》が落《お》ち、腕《うで》が落《お》ち、体《からだ》が落《お》ち、最後《さいご》に頭《あたま》が、ステージのマグマの上《うえ》に落《お》ちた。

「気《き》が晴《は》れました。もう思《おも》い残《のこ》すことはありません」

と、最後《さいご》に言《い》って、白骨団長《はっこつだんちょう》は燃《も》え尽《つ》きた。

幽霊《ゆうれい》たちが斬《き》り落《お》とした、魔王《まおう》の頭《あたま》を模《も》した幕《まく》が下《お》りて、ステージは終《お》わった。

カーテンコールでは、十年《ねん》ぶりに幽霊《ゆうれい》の仮装《かそう》をしたBB7《ビービーセブン》が、当時《とうじ》の番組《ばんぐみ》のエンディング曲《きょく》『ドクロック』を披露《ひろう》すると、幽霊《ゆうれい》のオールメンバーが観客《かんきゃく》の頭上《ずじょう》に降《ふ》ってきた。

観客《かんきゃく》たちはゴーストブラックライトで推《お》しメンバーを彩《いろど》った。

最終章《さいしゅうしょう》

杉浦《すぎうら》のレプリカ団長《だんちょう》と対決《たいけつ》した、本物《ほんもの》の白骨団長《はっこつだんちょう》の中《なか》に入《はい》っていたのは、櫂《かい》だった。

しかし、ベロベロは自分《じぶん》が入《はい》っていたと言《い》い張《は》って、面倒《めんどう》くさい連中《れんちゅう》をだまらせた。

それはテレビの密着取材《みっちゃくしゅざい》カメラの前《まえ》で、ベロベロが団長《だんちょう》の着《き》ぐるみを着《き》るシーンを撮影《さつえい》させるという徹底《てってい》ぶりだった。

そのせいでベロベロは、前説《まえせつ》以外《いがい》で舞台《ぶたい》に上《あ》がることはできなかった。

まあ、ある意味《いみ》ではそれで良《よ》かったと、ベロベロは言《い》っている。着《き》ぐるみ芸人《げいにん》としては、当然夢《とうぜんゆめ》の舞台《ぶたい》に立《た》ちたかったが、幽霊《ゆうれい》サーカスファンからすれば、ベロベロのキャラクターは異物混入《いぶつこんにゅう》だ。幽霊《ゆうれい》サーカスには不要《ふよう》だった、というところだろう。

あれから白骨団長《はっこつだんちょう》の着《き》ぐるみはしゃべらなくなった。

「団長《だんちょう》って、いったい何者《なにもの》だったんだろ？」

ユトリには、結局《けっきょく》わからなかった。

「そんなの、土門先生《どもんせんせい》に決《き》まっているだろ」

南無《なむ》はこともなげに言《い》った。

「いや、またまたまた」

礼司《れいじ》にも、にわかには信《しん》じられない。

「もともと、着《き》ぐるみのメカ部分《ぶぶん》をつくったのは彼《かれ》なんだぞ」

真《ま》に受《う》けてもらえず南無《なむ》は唇《くちびる》をとがらせた。

「では声《こえ》はどう説明《せつめい》するんですか？」

かなりコアなファンであるベロベロと武井《たけい》が、団長《だんちょう》の声《こえ》を聞《き》きまちがえるはずがない。

「いまはリアルタイムで声《こえ》を変《か》えるアプリがあるのを知《し》らないのか？」

「知《し》りませんよ、そんなの」

礼司《れいじ》は、対抗《たいこう》することをさっさとあきらめた。

「考《かんが》えてもみろよ。幽霊《ゆうれい》サーカスの機材《きざい》を保管《ほかん》していたのはだれだ？　団員《だんいん》の仕事《しごと》を斡旋《あっせん》し、このスクールに集《あつ》めていたのはだれだ？」

「確《たし》かにそれは土門先生《どもんせんせい》ですけど……」

礼司《れいじ》はしぶしぶ答《こた》えた。

「それだけ情熱《じょうねつ》を込《こ》めてやっていた人《ひと》を、だれか、幽霊《ゆうれい》サーカス復活祭《ふっかつさい》の会場《かいじょう》で見《み》たか？」

言《い》われてみると、礼司《れいじ》には彼《かれ》を見《み》た記憶《きおく》がない。

「わたしが土門先生《どもんせんせい》と会《あ》ったのは、倉庫《そうこ》に行《い》ったあの日《ひ》だけじゃないかな」

ユトリも記憶《きおく》をたどる。

「今回《こんかい》のショーで雇《やと》っていた電気技師《でんきぎし》は、ベロベロとテレビ局《きょく》から紹介《しょうかい》された人員《じんいん》が中心《ちゅうしん》で、もちろん土門先生《どもんせんせい》にも声《こえ》をかけたそうだが、客席《きゃくせき》からショーが見《み》たい、と断《ことわ》られたそうだ」

南無《なむ》はやけにくわしい。

「じゃあ観客席《かんきゃくせき》にいたか？」

南無《なむ》は礼司《れいじ》の方《ほう》を見《み》た？

「見《み》かけませんでした」

少《すく》なくとも招待席《しょうたいせき》にはいなかった。

「舞台裏《ぶたいうら》にはいたか？」

「だからずっと会《あ》ってないって」

ユトリは頭《かぶり》を振《ふ》った。

「じゃあ彼《かれ》はどこにいた？」

「どこどこ？」

思《おも》わせぶりな南無《なむ》をユトリがせかす。

「自分《じぶん》の部屋《へや》から、団長《だんちょう》の着《き》ぐるみに取《と》りつけられている高性能《こうせいのう》カメラを使《つか》って、いちばんの特等席《とくとうせき》でショーを見《み》ていたんだよ」

南無《なむ》はまるで見《み》てきたかのように鼻息《はないき》を荒《あら》くした。

白骨団長《はっこつだんちょう》の着《き》ぐるみを思《おも》い返《かえ》してみると、確《たし》かに複数《ふくすう》のカメラがついていた。

「でも耀《かい》は彼《かれ》に技《わざ》を教《おそ》わったんだろ。素人《しろうと》の土門先生《どもんせんせい》にそんなことできるのかな？」

礼司《れいじ》は耀《かい》にたずねた。

「自分《じぶん》がやれなくても、教《おし》えることはできる人《ひと》はいるよ。逆《ぎゃく》に一流選手《いちりゅうせんしゅ》なのに、教《おし》えるのが下手《へた》って人《ひと》もいくらでもいるし。土門先生《どもんせんせい》が、昔《むかし》から白骨団長《はっこつだんちょう》のカメラを見《み》ていて、自分《じぶん》もいっしょに飛《と》んだ気分《きぶん》でいたんだとしたら、動作《どうさ》のすみずみまで知《し》りつくしていてもおかしくない」

耀《かい》が言《い》うと説得力《せっとくりょく》がある。

「ほらな、わたしの推理《すいり》が正解《せいかい》だよ」

南無《なむ》が胸《むね》を張《は》った。

「じゃあ白骨団長《はっこつだんちょう》の幽霊《ゆうれい》はいないの？」

ユトリは少《すこ》し残念《ざんねん》そうだ。

「それについてはおもしろい情報《じょうほう》があるんだ」

耀《かい》が待《ま》ってましたとばかりに身《み》を乗《の》り出《だ》した。

「今朝《けさ》、スペインに行《い》ってる父《とう》ちゃんからメールが来《き》たんだけど。現地《げんち》のローカルニユースで、車《くるま》にはねられそうになったサッカー少年《しょうねん》を、人間離《にんげんばな》れした身体能力《しんたいのうりょく》で助《たす》けた日本人《にほんじん》がいるって話題《わだい》が取《と》り上《あ》げられたらしいんだよ。それがどういう人《ひと》かっていうと……」

燿《かい》はそう言《い》うと携帯端末《けいたいたんまつ》をポケットから取《と》り出《だ》し、メールをもう一度確認《いちどかくにん》した。

「十年前《ねんまえ》、スペインのある田舎町《いなかまち》で重《おも》い病《やまい》を抱《かか》えて行《ゆ》き倒《だお》れていたという過去《かこ》があるんだ。その人《ひと》の顔《かお》と上半身《じょうはんしん》には古《ふる》い火傷《やけど》の痕《あと》があった」

「それって失踪《しっそう》した白骨団長《はっこつだんちょう》のことじゃないのか？」

礼司《れいじ》にはそうとしか思《おも》えなかった。

「だろ。彼《かれ》は、長《なが》い間意識不明《あいだいしきふめい》のまま生死《せいし》をさまよっていたが、ある天才医師《てんさいいし》のおかげで奇跡的《きせきてき》に回復《かいふく》し、いまではピンピンしている。写真《しゃしん》もあるんだ」

燿《かい》は携帯端末《けいたいたんまつ》で画像《がぞう》ファイルにアクセスした。

「顔《かお》は皮膚移植《ひふいしょく》したそうで火傷《やけど》の痕《あと》はこの写真《しゃしん》では判別《はんべつ》できない。そして二枚目《まいめ》が彼《かれ》の家族《かぞく》だよ」

礼司《れいじ》たちはいっせいに燿《かい》の端末《たんまつ》をのぞき込《こ》んだ。

白骨団長《はっこつだんちょう》の素顔《すがお》はもちろん知《し》らないが、いかにもアスリートな感《かん》じの風貌《ふうぼう》だ。

まるで天使《てんし》のような二人《ふたり》の子《こ》どもを両手《りょうて》に抱《かか》えていた。

「となりにいるのがこの人《ひと》の妻《つま》で、病気《びょうき》から救《すく》った天才医師《てんさいいし》でもあるんだ」

「この人《ひと》が天才医師《てんさいいし》だって？　どこかの女優《じょゆう》かスーパーモデルのまちがいだろ。しかも命《いのち》の恩人《おんじん》とか……。こりゃあ絶対《ぜったい》に帰《かえ》ってくるわけねえわな」

うらやましくて南無《なむ》は嘆《なげ》いた。

もしも団長《だんちょう》が生《い》きているとしたら、着《き》ぐるみを通《とお》してしゃべっていたのは、本物《ほんもの》だったのかもしれない。

「もう幽霊《ゆうれい》サーカスは、きみが継《つ》いじゃえよ」

南無《なむ》は、櫂《かい》の顔《かお》を見《み》てニヤッとした。

「おれですか？　いや、おれ、アクロバットはもうしませんよ」

櫂《かい》は全力《ぜんりょく》で頭《かぶり》を振《ふ》った。

「また、きみはそれか」

礼司《れいじ》はあきれて少《すこ》しムッとした。

「じゃあ、幽霊《ゆうれい》サーカスはこれで終《お》わりなの？」

ユトリはさみしげに言《い》った。

「幽霊《ゆうれい》サーカスは団長《だんちょう》のストーリーだよ。団長《だんちょう》がいなくなったら、それでおしまいさ」

なんだか、櫂《かい》はすがすがしい顔《かお》をしている。

団長《だんちょう》はずっと顔《かお》のない人物《じんぶつ》だった。

子《こ》どものころ、街中《まちじゅう》が燃《も》え落《お》ちる火事《かじ》に遭《あ》い、ひどい火傷《やけど》をおった。

焼《や》け野原《のはら》で一人残《ひとりのこ》されたパッチ少年《しょうねん》は彼自身《かれじしん》だ。

幽霊《ゆうれい》たちは火事《かじ》で燃《も》えた家族《かぞく》や友人《ゆうじん》たち。

幽霊《ゆうれい》サーカスのステージは、彼《かれ》の歩《あゆ》んできた人生《じんせい》そのものだった。

だから幸《しあわ》せになった彼《かれ》に幽霊《ゆうれい》サーカスはもう必要《ひつよう》ない。

「じゃあ、次《つぎ》は何《なに》をするんだよ？」

礼司《れいじ》は櫂《かい》にたずねた。

「そうだな。今度《こんど》こそ冒険家《ぼうけんか》になるぞ！」

「じゃあ、わたしも冒険家《ぼうけんか》になってあげる！」

櫂《かい》の目標《もくひょう》にユトリものっかった。

「おれが魔法剣士《まほうけんし》で、きみは魔女《まじょ》だな」

「それ、いいよ〜」

まずい。ヤバいのが二人《ふたり》になってしまった。

「ってことで南無先生《なむせんせい》、マジックアイテムちょうだい！」

ユトリと櫂《かい》はそろって南無《なむ》に手《て》を出《だ》した。

「はいはい、そうでしょうね〜、まあそう言《い》うと思《おも》ってましたよ」

南無《なむ》はひねた顔《かお》でぶつぶつ言《い》いながら、二人《ふたり》に卵型《たまごがた》のやわらかい物《もの》を一つずつ手《て》わたした。

「なんですか、これ？」

「それは、ご自分《じぶん》でどうぞ」

いつものように南無《なむ》は教《おし》えない。

「さすがにヒントください！」

櫂《かい》はその場《ば》で土下座《どげざ》した。

ほんと櫂《かい》は、こういうことに対《たい》してはプライドがなさすぎる。

「では名前《なまえ》だけ。人形《にんぎょう》の心臓《しんぞう》」

南無《なむ》は、ちょっと笑《わら》いをこらえるような表情《ひょうじょう》をした。

「なんだそれ、よけいわけわからねえぞ」

「まあ、ここからだ。がんばろうな」

ユトリは、櫂《かい》に先輩風《せんぱいかぜ》を吹《ふ》かせた。

宗田 理

SOUDA OSAMU

作家。東京都出身。日本大学藝術学部卒業。『ぼくらの七日間戦争』をはじめとする「ぼくら」シリーズのほか「悪ガキ7」シリーズなど、数多くのヒット作をうみだした伝説の作家。2024年、95歳で逝去。

宗田 唯

SOUDA YUI

東京生まれ。愛知県立芸術大学にて彫刻を専攻。卒業後に渡欧し、イタリア宝飾店の営業を経て、本に関わる仕事に就く。唯の名が示す通り、ありふれていない物を好む変わり者。マニア気質で、南無の教室さながら、自宅はおかしな物であふれている。

浮雲宇一

UKUMO UICHI

イラストレーター。装画を手がけた主な作品に、『虹いろ図書館のへびおとこ』『兄ちゃんは戦国武将』『僕は上手にしゃべれない』『迷路を解いたら怖い話』などがある。

探検《たんけん》!

いっちょかみスクール

伝説《でんせつ》の幽霊《ゆうれい》サーカス団《だん》

編《へん》

2025年5月8日　初版発行

原案　宗田 理

作　宗田 唯

発行者　松岡佑子

発行所　株式会社静山社

〒102-0073

東京都千代田区九段北1-15-15

電話 03 5210-7221

https://www.sayzansha.com

印刷・製本　中央精版印刷株式会社

ブックデザイン　albireo

編集　荻原華林

printed in Japan　ISBN978-4-86389-911-7

探検！いっちょかみスクール
魔法使いになるには編

宗田理 作

あなたの、将来の夢はなんですか？
その願い、当塾がかなえましょう！

自分の得意分野がわからない？　どうぞご心配なく。わが「いっちょかみスクール」は、ありとあらゆるプロフェショナルな講師をそろえております。あなたのかくれた才能を見ぬき、必ずやその道のナンバー1に育ててあげてみせましょう。

静山社

探検！いっちょかみスクール
怪盗の後継者編

宗田理 作

魔法使いVS怪盗
さぁ、勝つのはどっち⁉

どうやらユトリさんも礼司さんも、無事に「魔法教室」の生徒になれたようですね。え？　ユトリさんはその上に「名探偵」にもなりたいと？　ちょうどよかった、実は当塾に「怪盗」からの犯行予告が届いたのです……。

静山社

探検！いっちょかみスクール
マンガでデビュー

宗田理 作

ユトリの兄も登場で大混戦！
コンクールの優勝は誰の手に⁉

職業、稼業と呼べるものならなんでも学べる塾で行われる一大イベント「なんでもアートコンクール」の季節がやってきました。昨年の優勝作品は壁画の大作。ところが作者がいまだに名乗り出ないという謎に包まれた作品で……。

静山社

悪ガキ7
いたずらtwins《ツインズ》と仲間たち

宗田理 作　いつか 絵

いじめっこやずるい大人に告ぐ！
われわれはいたずら攻撃を開始する！

小学五年生のいたずら大好きな悪ガキ七人組が、〝忘れもの屋〟の一室を事務所に、困った人たちからの相談を引き受けることになった。さっそくやって来た依頼主は……。『ぼくらの七日間戦争』の作者がおくる、痛快コメディシリーズ第一巻！

静山社ペガサス文庫

悪ガキ7

いたずらtwins《ツインズ》のキューピッド作戦

宗田理　作　いつか　絵

先生、まかせて！
わたしたちなら恋のなやみも一撃です！

小学校前の文房具屋兼忘れもの屋を事務所に、みんなの相談ごとや悩みごとを引き受けては、得意のいたずらでスパッと解決してしまう、悪ガキ七人組。今回は、先生たちの恋を勝手に応援することに⁉

静山社ペガサス文庫